Annett Krendlesberger: Beweislast

© 2011 kitab-Verlag Klagenfurt - Wien
www.kitab-verlag.com
ISBN: 978-3-902585-78-3
Satz und Layout: Michael Langer

Annett Krendlesberger

Beweislast

Mittwoch, 12. Oktober

Gitanes filterlos.

Sauer sein Atem. Als er von links hinten näher rollt und quer drüber greift übers Keyboard, um meine Maushand zu führen. Als sein Unterarm sanft gegen meine Brust drückt, erst zaghaft, als wär's ein Versehen, dann einfach dranbleibt. Kaum spürbar mit jedem Klick das Muskelspiel. Und ich mich nicht rühre. Mir das alles ja schließlich selbst eingebrockt habe. Auf der Dienstreise Anfang September nach Polen, in die Nähe von Kattowitz, wo wir im Rahmen eines Hotelprojektes die Mitbewerberanalyse vor Ort durchzuführen hatten. Und nach einigen Gin-Tonics abends, auf relativ nüchternen Magen. In diesem Hotelzimmer. Einmal, zweimal vielleicht noch danach. In seiner Wiener Single-Wohnung. In die er angeblich gerade erst, vor ein paar Wochen, Monaten, eingezogen ist. Und die er gründlich zu renovieren gedenkt, und nochmal mit Betonung *gründlich*, weil mein Blick an der verhungerten Yucca-Palme auf dem Balkon hing, vom Matratzenlager nicht wegzubringen war. Ausmalen, Bodenverlegen, das ganze Programm eben. Wodka Lemon. Mit Eis. Viel Eis. Vor der Tür ein BMW Cabrio. Schwarz. Freitags Waschanlage. Seine Zunge zittert beim Befeuchten der Zigarette. Die volle Länge, einmal hin und zurück. Zweihundert km/h auf der Schnellstraße in Richtung Ostrau. Unbeholfen mein Kartenlesen, beinah die Ausfahrt verpasst. Egal. Alles ist egal. Es drückt uns in die Sitze. Wir fliegen. Zum Kunden, aber wir fliegen. Der Kaffeesatz klebt hier dick am Tassenboden. Kaffee ohne Milch. Auch den Zucker kann man nicht einrühren. Brühe pur. Bretterbude am Straßenrand.

Rast-Stätte.

Um vier in der Früh hab ich mich weggeschlichen vom Matratzenlager. Beim letzten Mal. Eingebuchtet. Körper an Körper. Sein Arm fest um meinen Leib gewickelt. Ich heb ihn mit zwei Fingern an der Daumenwurzel hoch. Einfach nur weg. Ich hätte doch irgendetwas sagen können. Er ist gereizt im Büro am nächsten Morgen. Mich wenigstens verabschieden. Gin oder Wodka. Es kommt darauf an, was man getrunken hat vor dem Einschlafen. Wenn der Kopf zurückfällt, klingt das Geräusch beim Atmen nicht immer gleich. Dieses Flattern seines Gaumenzäpfchens. Einmal im Fernsehen der Gerichtsstreit zweier Grundstücksnachbarn. Und nein, lautete das Urteil, das Tier dürfe aus seinem natürlichen Lebensraum, dem Biotop im Garten des einen, nicht vertrieben werden. Krötengequake. Auch wenn die Dezibel an manchen Tagen beinah an Flugzeuglärm heranreichten. Krötenluftblasen. Daliegen und hinhorchen, bis die nächste, angeschwängert, schwärzlichgrün im Dunkel zerplatzt. Paul.

Donnerstag, 13. Oktober

Raucherküche

Zigarettenpause. Mümmeln am filterlosen Stumpf. Unermüdlich. Hektisch sein Inhalieren. Tschickfresser. Ein ständiges Dem-Höhepunkt-Hinterherhecheln. Seine Augen treten leicht aus den Höhlen. Er kommt zu schnell. Zu hastig. Ferrarigelb das Kaffeehäferl. Kursiv sein Name drauf. *Paul.* Unternehmensberater. Speedig. Das S schleift die Zahnkanten. Misfits. Ein Lokal im Bezirk, gleich in Büronähe. Chill-out dort jeden zweiten Abend. Manchmal ist auch Wilma mit dabei. Ihr Kommentar nach Beendigung meines Probemonats: Normalerweise könne sie mit Frauen ja nicht zusammenarbeiten. Beim Gehen rollt sie über den Außenrist. Pauls Statur wirkt zarter. Sehniger. Fettlos. Durch und durch fettlos, Wilma kneift ihn in den Oberarm. Er zehre seit zehn Jahren von der

Grundkondition, die er während seiner Offiziersausbildung aufgebaut habe. Nimmt einen tiefen Zug. Ihre Haare sind kurz und pumucklrot und sie singt mit ihrer tiefen Stimme beim Auflachen und schreit ein wenig beim Sprechen, stolz auf dieses bayrische Hochdeutsch, das sie als waschechte Österreicherin ja gerne ablegen würde, aber nicht ablegen kann, weil in Grenznähe aufgewachsen, und so weiter und so weiter. Ihre Schwester lebe noch dort, in Grenznähe, sei eine ganz eine hübsche. Schmaler. Wilmas Hände zeichnen die Rundungen eines Figürchens in die Luft. Wilmas Schultern laden ein. Überdimensional. Als sei sie es gewohnt, mit Männern zu trainieren. Zu schwimmen. Zu laufen. Um die Wette zu biken. Wer als erster auf dem Kahlenberg ist, ja? Über meinen Kopf hinweg, ich, wie nicht vorhanden, Paul langsam nickend da mit hochgezogenem Mundwinkel, während er den Zigarettenrest ausdämpft, der Stummel in der Stummelmitte bricht.

Wirtschaftsuniversität. WU Wien. Internationale Betriebswirtschaft. Sie mit Abschluss. Ich ohne. Die häufigste Antwort der Studierenden auf die Frage, welchen Beruf sie nach Beendigung des Studiums ergreifen wollten: Manager. Managerin. Wilma drückt mir eine Broschüre in die Hand. Wenigstens das Bachelor-Studium könnte ich endlich in Angriff nehmen, mich zumindest diesbezüglich informieren. Hier stünde alles drin. Betriebswirtschaft im Detail! Accounting & Management Control. Teil II, beispielsweise. Ziel dieser Lehrveranstaltung sei es, die wesentlichen Funktionen des Jahresabschlusses zu vermitteln. Ich solle mir ruhig Zeit lassen. Beim Durchlesen.

... Dementsprechend wird dem Bereich der Informationsfunktion insbesondere in Gestalt der Bilanzansatz- und Bewertungswahlrechte sowie der Gewinnverwendung im Lichte der Ausschüttungsbemessungsfunktion Augenmerk gewidmet...

Prüfungsdauer, zweieinhalb Stunden. Schriftlich. Keine Hürde. Ein Schein, bloß ein Schein. Fleischfarben, die

Strümpfe der Kommilitonin am Informationsdesk. Wie Perlmutt glänzend.

Du weißt nicht, was du willst, hieß es. Hast kein Ziel. Bevor man losrennt, muss man ein Ziel haben, ein gescheites. Nicht irgendeines. Scheinesammeln. Mein Laufen angeblich ziellos. Deine Studiererei. Mehr ein Herumirren, von einer Fakultät zur nächsten. Auch nachdem ich das Studieren aufgegeben habe: Du gibst also jetzt Zimmerschlüssel aus. Du gibst also jetzt in luxuriösen und auch in weniger luxuriösen Innenstadthotels Zimmerschlüssel an Individualreisende aus. Und an Gruppenreisende. Ebenso wie die Tortenausgeberin im Café Landtmann die Torten aus ihrer Vitrine holt und die Ansagerin im Fernsehen ihren Text abliest, hat eine Zimmerschlüsselausgeberin eben die Zimmerschlüssel sorgfältig vom Reck zu nehmen und sie den Hotelgästen auszuhändigen und ebenso sorgfältig wieder auf die eigens dafür vorgesehenen Zimmerschlüsselhaken zu hängen. Eine verantwortungsvolle Aufgabe. Gut so. Wenn dir das Spaß macht, ist das gut so. Dann bist du also Zimmerschlüsselausgeberin geworden. Rezeptionistin, entschuldige. Mit Aufstiegsmöglichkeit. Bestimmt.

Was ich denn jetzt verdiene, fragen sie.

So als Studienabbrecherin. Ohne abgeschlossene Ausbildung, so als Job-Hopperin. Ja, was man da so verdient, wollen sie wissen. Nunmehr als Junior Consultant. Als Wirtschaftlichkeitsvorschauen, pardon, Feasibility-Studien schreibende oder wohl eher Texte abtippende Jungberaterin. In einer sogenannten Unternehmensberatung, einer auf Hotellerie und Gastronomie angeblich spezialisierten. Und ich als Expertin sozusagen mittendrin. Was man denn da so verdiene als Tourismusexpertin, wollen sie wissen. Wollten sie gern.

Nein, ich solle keine Witze machen. Wilma fängt meinen Blick. Im Ernst, wieviel.

Freitag, 14. Oktober (18 Uhr)

Gemeindebaupraxis.

Vor dem Eingang ein Beet mit frisch gepflanzter Glockenheide. Erica gracilis. Nicht winterhart. Einbrenngeruch. Am offenen Fenster im ersten Stock hockend, die ehemalige Hausbesorgerin. Beleibt mit Oberlippenbart. Ein schmutzigschwarzer Pudel daneben. Seine Schnauze so, als habe er gerade in frischer Erde gewühlt. Ihr Haar gelblichweiß. Glatt. Zum Knoten gebunden. Einbrenn. Ein Gemisch aus Butter und Mehl. Beim Aufgießen gut mit dem Schneebesen verrühren, damit das Mehl nicht klumpt. Ausreichend Fett verwenden. Wer viel suppt, der lebt länger. Blitzblauer Arbeitskittel, ärmellos. Mit weißen Margeriten. Ja, Wasti, ist ja gut. Liebevoll wird die Hundeschnauze mit der Hand umfasst, dicht an den Frauenmund herangezogen. Keine Sprechanlage. Die Fußmatte, eine dieser großen löchrigen, zerfransten, bei denen man sich nicht mehr ganz sicher ist, ob sich das Schuhabstreifen lohnt. Wastikeifen von oben. Und einzweimal tret ich auf dem Stand. Hochschwanger die Blonde ganz in weiß nun da am Stiegenhausgeländer, deren Abwärtssteigen - Stufe und Beiziehen, Pause, Stufe und Beiziehen, Pause - schon die längste Zeit zu hören war. Tür Nummer acht. Klingeln erübrigt sich. Baba, bis nächste Woche dann. Überlaut, vertraulich das Rufen der nachwinkenden Arztfrau. Nachdem sich die junge Patientin noch einmal kurz nickend umgedreht hat, huscht sie rasch zur Tür hinaus.

Der Arztfrauenkörper tranig mitten im Flur. Ihre Augen klein und verschlafen hinter fassungslosen, lupendicken Gläsern. Rot gerieben, wund die Haut um Nase und Mund. Vergessene Konturen. Reste von Lippenstift an den Rändern. Heidelbeer, etwas zu satt. Ölig. Eingeronnen in die Fältchen. Fliederfarben das Lippeninnere vom zwischenzeitlichen Ablecken und Apfelkuchenessen. Beim Bonbonlutschen ihr Mund ein kleiner rosalila Sack. Wie zugezogen. Der Fötus auf dem Plakat neben den Garderobehaken hat etwa die Größe meines Kopfes. Aktion für die Unantastbarkeit des neugeborenen Lebens: *Wir bitten auch Sie, Frauen, die in Erwartung eines Kindes in Not und Konflikt geraten sind, zu unterstützen. Ihr "Ja zum Leben" durch eine Tat glaubwürdig zu unterstreichen.* Lebensschutzbewegung. Überkonfessionell. Jeder Mensch sei nun einmal einzigartig und gleich kostbar. Aber auch schon wirklich jede und jeder von uns habe mit der Verschmelzung von Ei- und Samenzelle begonnen. Die Arztfrau kommt näher, beide Hände in die Hüften gestützt. Und so komme ihm, dem Menschen auch vom Anfang bis zum Ende Würde zu, sei sein Leben schützenswert, dürfe es, das menschliche Leben, auch niemals als Rohstoff für Biomedizin oder Biotechnologie oder dergleichen, als Mittel für sonstige Zwecke verwendet werden. Ökonomische. Das Bonbon knackt zwischen ihren Zähnen. Firn-Pfefferminz. Mit Schokoladekern. Ich kann ihn riechen. Sie sind das erste Mal bei uns? Großmutterstirnfaltenschlagen. Beim So-Schauen über den Brillenrand wird auch der Leberfleck auf ihrer Wange ganz groß. Pinnwände hinter dem Schreibtisch. Über und über voll mit Säuglingsfotos. Fotos von Kleinkindern ab und an. Ja, sie alle habe der Herr Doktor auf die Welt geholt. Armkreisen, ohne Zeigestab. Ich beuge mich wieder über das Formular. Beruf. Profession. Was bin ich, was bin ich. Angestellte. Ich krame die Sozialversicherungskarte aus der Tasche. Lass die Zeile leer.

Wippen auf dem Wartezimmersessel. Einem solchen aus dünnem Holz, ohne Armlehnen, mit biegsamem, tailliertem Rücken und stumpfen Metallbeinen. In den Körben des von der Sonne gebleichten Rattanblumenständers Weihnachtssterne vom letzten Jahr, dem Jahr davor. Mitten im Raum ein runder Tisch mit weißer Spitzendecke. Zeitschriftenstöße. Brigitte, Die Freundin. Gala. Wienerin. Zum Zugreifen. Mehr ist's ein Hinlangen der drei Wartenden mir gegenüber, ein verstohlenes, zwei Trippelschrittchen dauerndes, verschämtes Aufheben des Hinterteils von der Sitzfläche. Ein In-der-Hocke-Marschieren, mit gierig ausgestrecktem Arm. Als ob's verboten wäre aufzustehn, grad da im Raum zu stehn. Mit dem Schund in der Hand. Endlich. Boris Becker feiert Verlobung. Wimbledon. Stars heute. Damals. Björn Borg wieder mal im Finale. John McEnroe's Wutausbrüche erinnerten an das eifersüchtige Toben eines kleinen Bruders. Chris Evert. Süß. Mit wippendem Pferdeschwanz und kessem Röckchen. Ein so ein Talent! Wie Chrissie Tennis spielen, genau wie dieser freche Fratz. Den Männern den Kopf verdrehen. Und Martina Navrátilová? Alles nur das solle ich nicht werden, ein Mannweib. Ihnen nur das nicht antun.

Meine Hand ist klein und schmal. Am markantesten ist die Herzlinie. In der rechten wie in der linken. Tief eingegraben. Gefolgt von der Kopflinie. Eine ganz eine Schwierige bist du. Schwieriges Mensch. Seinerzeit habe man noch mit Holzschlägern gespielt. Spielen müssen. Marke Wilson. Darmbespannung. Prall der Griff in der Hand. Kopfschwer. Für noch mehr Zug. Und Drill. Nach etwa zwanzig Minuten Blasen. An Daumen und Zeigefinger. Am unteren Handballen, dem Uranusberg. Immer in Bewegung bleiben, auch auf dem Stand, an der Grundlinie, immer in Bewegung, bereit zum Losstarten, zum Wegstarten. Tennis sei ein Laufsport. Man müsse zum Ball hingehen, hingehen zum Ball, nicht darauf warten, dass er zu einem komme, der Ball, und anschauen, den Ball genau anschauen, und ja, *so* ist das. Zwischendurch die schweißnasse Handfläche mit rotem Sand einreiben, damit der Griff nicht so rutscht. Ein Pflaster hält da nicht. Aber wir können die Stunde auch abbrechen. Ja, du kannst die Trainingsstunde, die wir selbstverständlich trotzdem bezahlen müssen, auch abbrechen. Sie gehört dir, diese Stunde mit dem Tennistrainer. Einem guten, nicht billigen, dessen Stunden dementsprechend mehr kosten als anderswo, in herkömmlichen Clubs. Natürlich kann man sie abbrechen, diese Trainingseinheiten, die schwer erarbeitet sind. Jedes Mal. Natürlich kann man das alles wegwerfen. Einfach auf den Luxus großzügig verzichten, auf einen solchen Trainer, den bei Gott nicht jede finanziert bekommt. Sensenmann. Sensen-mann. Linksrechtslinksrechts. Vor dem Netz. An der Mittellinie. Ausholen und durchziehen und ausholen und durchziehen. Beim Schlagen keine Rückenlage, das Gewicht auf dem Vorderfuß lassen, es mitnehmen, das Gewicht. Und durchziehn! Der Trainer ist lang und dünn und seine Augen sind wässrigblau und keiner hat den Sensenmann jemals lachen gesehen. Und den Ball anschauen und nicht in die Luft, wir schauen den Ball ganz genau an vor dem Schlagen. Er klebt Leukoplast auf die offene Haut, umwickelt dick die an drei oder mehr Stellen mit aufgeplatzten Blasen versehene Hand, macht ihr einen dicken Klebestreifenhandschuh, der Hand. Und es geht schon wieder. Ausholn. Die Saison beginnt im Frühjahr.

 Einmal pro Woche. Mit dem Fahrrad in den Club. Auf dem Gehsteig, nur ja nicht auf der Fahrbahn. Erst kürzlich sei der Chefchirurg des Unfallkrankenhauses an einer Leberzirrhose gestorben. Aus Entsetzen mehr oder weniger über all die Verkehrsopfer, die man ihm jahrelang, aber was, jahrzehntelang auf den Operationstisch gelegt habe, und die er so gut es eben ging zusammenflicken musste. Einmal pro Woche mit dem Fahrrad zum Club hinauf ins Grüne. Weil dorthin kein Bus fährt. Und keine Straßenbahn. Und jedes Mal aufs Neue, wieder und wieder am Taubenhaus vorbei. An der Lagerhalle einer vor Jahren stillgelegten Druckerei, die seither auf den Abriss wartet und, geschützt von uralten Föhren, insbesondere Tauben als Schlaf- und Nistplatz dient. Untertags gemeinschaftliches Auf-der-Erde-Hocken der ausgewachsenen Tiere im Schatten vor dem eisernen Tor in der verwinkelten Einfahrt. Der Gehsteig hier breit und frisch geteert. Platz genug für uns alle. Ohnehin beginnt mein Langsam-im-Schritttempo-Rollen schon nach dem humanistischen Gymnasium. Auch steige ich manchmal ab, um den aufgeblasenen Knäueln - ihre Schnäbel verstecken sie zwischen den Flügeln - beim Schlafen zuzusehen.

An diesem Tag lediglich das übliche Meer von Exkrementen. Weißlichgraue Punkte auf dem Asphaltschwarz. Ein Meer, das sich die Lagerhallenwand entlang zieht, dann regelrecht aufschäumt vor dem Tor. Kein Tier. Weder auf dem Gehsteig, noch auf dem Mauervorsprung. Oder wie sonst gelegentlich, auf dem schwer darüber hängenden Föhrenast. Und nicht, dass es ein Fiepsen gewesen wäre. Kein Geräusch, kein Ton, der mich veranlasste, nochmals genauer hin, da auf den Boden zu sehen, schon beim Tor vom Fahrrad extra abzusteigen und nochmals zur Wandmitte zurückzugehen. Mehr war's ein Rühren inmitten des Häufleins an Zweigen und Blättern, das Gefühl, als habe sich an der Mauer direkt unter der Regenrinne, im scheinbar ordentlich Zusammengekehrten irgendetwas bewegt. Beim Näherhinschauen kugelig, die Zweigkonstruktion. Auseinandergefallen. Das Vogelnest. Mit voller Wucht aufgeschlagen.

Früher. Wenn wir Taubeneier unter dem Wacholder im Blumentrog finden, werfen wir sie in den Hof. Wir warten, bis sich die Taube für einen Moment vom Nest entfernt, dann nehmen wir die Eier. Greifen sofort zu. Lang noch vor dem Ausbrüten werden die Eier der Taube weggenommen. Aus dem Fenster geworfen. Vom dritten Stock. Unten klingen sie dünn und hell. Nicht so wie beim Aufschlagen eines Hühnereis. Heller. Zarter. Ganz jung. Weich, das Platschen. Wir legen zwei kleine Kalkeier ins Nest, damit die Taube noch eine Zeit lang weiterbrüten kann. Damit sie beim Anblick des leeren Nestes nicht verzweifelt. Nach einer Weile gibt sie das Brüten ohnehin auf. Natürlich, man könnte auch die Taube daran hindern, unter dem Wacholder ein Nest zu bauen. Aber was man sich auch einfallen lässt und was man auch an Verhütungsmaßnahmen

versucht. So sehr kann man gar nicht aufpassen, manchmal passiert das Unglück eben doch. Wenn man den richtigen Zeitpunkt verpasst hat, so muss man das Tier eben auf seinem Nest hocken und brüten lassen und so lange geduldig warten, bis die Kleinen flügge geworden sind. Anfangs sind sie rosalilafarben. Knöchern. Nackt. Auch dieses da. Nach dem Sturz vom Dach nur mehr halb lebendig.
    Taubenkükensterben. Langsam. Nicht schnell. Das Rad abstellen. Radständer suchen. Mit dem Fuß am Rad. Suchen. Den Blick zum Boden gerichtet. Das Rad auf den Gehsteig legen. Hinhocken. Sofort hinhocken. Hin zum Zuckenden. Rosalila. Schnabelauf Schnabelzu. Geräuschlos. Ohne Piep. In Zeitlupe. Taubenkükenkopfrecken. Emporrecken. Flügelknochenschlagen. Gebrochenes. Schlagen. Schlag. Mit einem Tritt. Mit einem kräftigen. Es erlösen. Du hättest es erlösen können. Müssen! Erzieherdiktion: *Befreien* von seinen Schmerzen. Wie auch er den von einer jungen Katze halbaufgefressenen, nur mehr vor sich hinvegetierenden Singvogel damals gerettet, seinen ganzen Mut zusammengenommen habe. Ein kurzes Krachen, Knacksen unterm Schuh, ein solches. Vergnügen sei das keines gewesen. Aber immer noch besser, als einem Geschöpf beim Leiden zuzusehen. Es auf dem Gehsteig einfach vertrocknen zu lassen. Hilflos. Wenn man in der Lage sei, Bedürftigen zu helfen, so solle man das auch tun. Die Verantwortung übernehmen. Verantwortung!
    Die Nächste bitte. In Großbuchstaben über dem Sprechzimmer. Neongrünes Blinken. Wahrscheinlich schon die längste Zeit. Der Herr Doktor steht in der Tür, die Hand an der Schnalle. Ich bin die Letzte. Ein verstohlener Blick auf die Uhr. Unbewegt seine Miene. Guten-Tag-wie-geht-es-Ihnen. Höflich professionell. Etwas zu schwarze dünne Haarfäden liegen sorgfältig nebeneinander. Quer über der Platte. Nun-was-kann-ich-für-Sie-tun. Ich reiche ihm den Befund, den ich heute Morgen vom Labor geholt habe. Positiv. Das Aufstrahlen

seines Gesichtes wie das eines Kindes, dem gerade ein Zeugnis mit unerwartet guten Noten überreicht wurde. Dann wie abgebrochen seine Mimik, als hätte ich mit meinem Dasitzen, meinem Ich-weiß-nicht-Schulterzucken all seinen Fleiß, all sein Bravsein während des vergangenen Schuljahres jäh zunichte gemacht. Er weist mir mit ausgestrecktem Arm den Weg. Silbern im Augenwinkel die Fußstütze des Gynäkologenstuhls. Das runde Teil wie eine Fußfessel. Geräteklappern. Kalt. Was machen Sie beruflich? Eiskalt. Knapp die Stimme des Arztes nach der Untersuchung. Siebente Woche. Ungefähr. Uns stünden demnach mehrere Möglichkeiten zur Verfügung. Uns. Grundsätzlich komme ein medikamentöser Abbruch nur bis zur neunten Schwangerschaftswoche in Frage. Der Fristenlösung gemäß könnte man einen chirurgischen Eingriff allerdings auch bis zum Ende des dritten Monats vornehmen. Er würde mich sofort an ein Krankenhaus überweisen, wenn ich mich erst einmal mit dem Thema so richtig befasst hätte. Wenn ich erst einmal gründlich darüber nachgedacht hätte, was es überhaupt bedeute, ein Kind zu haben, und zu einer Entscheidung gelangt wäre. Einer nicht mehr rückführbaren, das verstehe sich von selbst. Zögerlich sein Handgeben. Ungern. Natürlich in Ruhe. Trocken. Rau.

Ich habe mein Rad genommen, und bin zum Tennisclub gefahren. Du bist zu spät. Was ist mit deinen Augen, sagt der Sensenmann. Und da ist Rotz, Rotz auf deiner Hand.

Freitag, 14. Oktober (gegen 23 Uhr)

Körper-in-Körper

Keiner hat gelacht im Hintergrund. Oder Faxen gemacht oder einen Witz erzählt. Kein Mensch. Diesmal kann ich nicht behaupten, dass etwas im Gange gewesen wäre, um Wilmas

Aufmerksamkeit abzuziehen. Obwohl sie ganz bestimmt alle wieder um den Bauerntisch in Wilmas Wohnzimmer herumgesessen sind wie eine Großfamilie: die beiden Mitbewohnerinnen, Native Speakers, eine englisch, eine französisch, samt Freunden aus der Studienzeit. Diesmal hatte ich nicht den Eindruck, dass sie gelangweilt da am Telefon hing, wie sonst oft.

Mit einem Ohr, ganz gespannt schon auf den nächsten Sager in der Runde lauschte.

Ich brauche mir nichts vorzumachen, hab ich gesagt. Schwangersein ist keine Krankheit. Jedenfalls keine, die du unverzüglich kurieren dürftest mit einer Penicillintablette täglich. Oder einem Zäpfchen. Und bei der sich dann auch noch jeder über deine rasche Genesung freut. Schwangersein ist keine Krankheit, sondern ein Zustand, heißt es. Einer, bei dem alles klar ist. Einer, bei dem kein Zweifel daran besteht, wie man der Betroffenen zu begegnen hat. Ebenso wenig, wie das bewusst lebensbejahende Lächeln, das man chronisch Kranken und ihren Geschwüren entgegenbringt in Frage zu stellen ist. Dieses leichte Überkippen, Überschnappen der Stimme, kennst du das, hab ich gesagt, so ein Das-schaffst-du-schon-Glucksen, am Ende eines jeden Satzes. Aber wer will sich schon gerne in seiner spärlichen Freizeit mit der überaus ehrlichen Antwort auf eine ganz simple Frage konfrontieren. Wen interessiert's denn schon, wie's dem Anderen wirklich geht. Und ob das, was da in deinem Inneren wächst, dich vielleicht sogar zerfrisst.

Vor dem Spiegel Rippen zählen. Ich esse nicht. Darunter aufgebläht, wie angehalten mein Leib. Kann den Bauch nicht einziehen. Als sei da etwas in mich hineingekrochen, habe dort sein Bett aufgeschlagen, ein solches Körper-in-Körper. Hohl, hat sich's sein Nest gebaut. Nistet in dir nistend, schwarzklumpig schwer verstopft, dich langsam höhlend, aushöhlend von innen her.

Auf dem Schwarzweißfoto, das ich gerade in der Hand halte, die Frau beim Stillen. Ein Brustbild fürs Familienalbum, hab ich gesagt. Brustbild. Von unten herauf, selig ihr Blick. Vollkommenes Befriedigtsein. Still, kein Ton. Weißlichweiches, das sich dir ins Gesicht presst, sich dir auf die Augen legt, sich dir auf die Nase legt, dir in den Mund fährt, nicht weinen, komm trink noch ein wenig noch einen Schluck, na komm, ganz nah, näher noch und noch kriecht die Frau, kriecht dir die Frauenbrust beim geringsten Laut bis zum Warzenhof in den Schlund hinein. Ein Bedürftiges sich am Bedürftigen nährend, da auf dem Foto, hab ich gesagt, und dass meine Brüste spannen, die Haut an den Spitzen entzündet ist. Brennend rot. Wie nach dem Zubeißen winziger Zähne.

Seit ich weiß, dass ich schwanger bin, trinke ich nur noch. Weißwein. Rotwein. Was ich habe. Unmengen von Alkohol im Vergleich zu dem, was ich sonst gewohnt bin. Als ob das irgendetwas nützen würde, frei nach dem Motto: spring so lang auf dem Stand und schlag dir - mal links mal rechts - die Fersen ins Gesäß, bis der Fötus abgeht. Mir damit ein Erwachen aus dem bösen Traum garantiert wäre. Diesem Und-nochein-Löffelchen-Traum. Und ein Löffelchen noch. Tischtuchkirschen. Rotrot. Für die Mami. Komm, für die Mami. Ab ins Backenversteck. Und den Papi. Den Brei ins Backenversteck stecken. Plusterbacken. Jetzt wird gegessen. Plusterbacken. Unter der Zunge durchwälzen. Schluck doch! Breiwälzen. Schluck doch endlich einmal! Kirschenmalen. Mit dem Finger Kirschen malen. Dunkelrot. Wenigstens ein Löffelchen! Gott, das Kind muss doch um diese Uhrzeit Hunger haben. Issnichtissnicht. Nicht sprechen beim Essen. Konzentrier dich doch ein bisschen. Nein, jetzt wird nicht gespielt. Rotrot der Kirschenmund. Da! Schniefen. Küchentränenschniefen. Aufschnupfen. Frauenwangen, nass.

Ich habe gesagt, dass all diese Bilder einfach so in mir hochkommen. Vor meinem inneren Auge nacheinander ablaufen. Wie ein Film. Ich brauche mir das vollständige Album ja nicht einmal ansehen, ich trage die Fotos mit mir herum.

Sie sind in mir gespeichert, ungeordnet und wirr, verstehst du - Flashbacks, jederzeit abrufbar. Haferschleimflashbacks. Wenn die heiße Milch in Lacken steht. Sich das Licht in den gelben Fettaugen bricht. Alle Farben, siehst du, alle Farben! Besteckklappern in der Küche. Abwasch. Frauenräuspern: Rrrr-r-r-r-Rrrr. Sitzen bleiben! Gefälligst sitzen bleiben, bis du aufgegessen hast. Haferschleim ist gut für den Bauch. Die Frau hält sich den kranken Magen. Milchhautziehen. Mit der Suppenlöffelspitze die Milchhaut ziehen. In dünnen feinen Fäden. Gefälligst nicht herummäkeln. Milchhautfäden ziehen. Um den Löffel wickeln. Ein Netz spinnen. Ein Milchhautfädennetz. Was, was! Kein Klappern mehr. Die Frau trocknet sich ihre Hände an der Schürze. Rot. Rot! Nicht einen Bissen. Noch nicht mal einen Bissen! Breirühren. Heftig den Brei, die heiße Haut unter die Flocken rühren. Löffelablecken. Wie eine Nachspeise. Na, das wollen wir doch sehen. Kann nicht, ein solches Kannnichtsagen, als flögen deine Worte in Zeitlupe, weißt du. Kämen so leicht wie Regentropfen auf dem Boden auf. Schreist du unter einer schalldichten Glocke. Aber jetzt. Frauenaugenstarren. Daneben sitzen und starren. Tacktacktack. Kochlöffelstielschlagen. Tacktacktack schlägt der Stiel in ihre offene Hand. Aber jetzt! Schlägt der Stiel. Aber jetzt, wirst du! Flach. Eine Unverschämtheit. Flach, dein Atmen. Als wär dir dein Herz stehen geblieben. Ist es nicht. Als hättest du aufs Abrollen vergessen. Wärst mit brettergeradem Rücken nach dem Kopfstand auf die Matte geknallt. Da hungert die halbe Welt, und du...! Luftholen an der Oberfläche. Brustschwimmen. Den Kopf oben lassen dabei. Wirst du wohl, schreit sie, fremd und fremder, knallt's auf der Platte. Atme flach. Nase zu. Schleimschleimlöffelwürgen, Nase zu, Nase zu, Löffel um Löffel hinunterwürgen. Friss! Und fress ich, fress für all die hungernden Kinder in Afrika. Brech's am End auf den Tisch.

Immer noch. Rosarot und bitter, die Weinsuppe, hab ich gesagt. Rosarot all die ausgekotzte Bedürftigkeit. Und bitter der Nachgeschmack. Entscheiden Sie sich, so der Arzt. Und stehen Sie dazu. Wie, frag ich dich, wie dieses Chaos ordnen, sich in den Griff kriegen. Kriegen Sie sich in den Griff... Wilma? Hallo Wilma? Bist du noch dran?

Samstag, 15. Oktober (7 Uhr)

Sixpacks

Der kaufmännische Leiter hält dem dicken Maler eine Scheibe Schinken unter die Nase. Der kaufmännische Leiter lässt die Beinschinkenscheibe samt Fettrand dicht vor der Nase des Malers, der nichts kann außer malen, und der auch nichts Anderes als ständig nur seine Malerei, diese unnötige Malerei im Kopf hat, auf und nieder tanzen.

Nichts, sagt der kaufmännische Leiter. An nichts außer ans Malen und Essen denkt der Maler den ganzen Tag, sagt der Leiter. Und schlägt dem da Sitzenden mit dem Handrücken auf den Bauch. Flach. Führt eine Rückhand aus. Eine leichte. Deutet sie lediglich an, die Rückhand. Schlägt nicht fest. Bloß so, als wollte er einen Ball weg schupfen, schupft er gegen die riesige Kugel. Eine lilagelbe. Auf dem Hemd des Malers, der unser Onkel ist, rinnen goldgelbe Speerspitzen und Tropfen ineinander. Es sind Drachenschwänze, die sich um seine Oberarme, um seinen Leib schlingen. Wie kleine graue Stümpfe ragen seine Oberschenkel unter dem nun zitternden Kugelbauch hervor. Breitbeinig. Mit gespreizten Beinen sitzt der Onkel da. Tragend, als ob er sie gar nicht mehr zubrächte. Er soll sich doch bitte einmal ansehen. Er, der Maleronkel, möge doch bitte nur einmal einen Blick in den Spiegel werfen, um festzustellen, was aus ihm geworden ist. Was seine sogenannte Kunst aus ihm gemacht hat. Wohin er ihn geführt hat, sein Produktionsdrang. Diese Sucht, Unverkäufliches zu schaffen. Wenn sich doch wenigstens eines dieser unzähligen Bilder anbringen ließe. Ein einziges Gemälde nur. *Gemehlde*, meckert der kaufmännische Leiter. Zeigt - da, da! - auf die in weißes Aufschnittpapier eingewickelte Extrawurst, eine pikante mit bunten Paprikastückchen. Und auf die ungarische Salami, die wir mit Senf essen. Aus der Hand. Deren Scheiben wir sorgfältig mit scharfem Senf betupfen. Sie sorgfältig falten. Mal die eine, mal die andere Wurst gemeinsam mit dem Maler kosten. Verkosten, sagen wir. Fressen, sagt der kaufmännische Leiter. Als stillose Völlerei könnte man dieses wahllose In-sich-Hineinstopfen wohl eher bezeichnen. Unmanierliches Aufschnittessen ohne Brot, ohne Teller oder Besteck, das uns da beigebracht würde. Ungesundes. Und wider besseres Wissen schädige der Maler nicht nur sich selbst damit, sondern auch noch kleine Kinder. Die schlank sind und es nicht verdient haben, eines Tages *so* auszusehen. Fett. Vollkommen unkontrolliert in die Breite gegangen. Unter dem eng anliegenden Pullover des kaufmännischen Leiters zeichnen sich die Bauchmuskeln ab. Ein Sixpack, den der kaufmännische Leiter, lieber knappe T-Shirts und knappe Pullis als weite tragend, gern hervortreten lässt. Wir dürfen die oberen und mittleren und unteren Bauchmuskeln angreifen. Wir dürfen sie streicheln. Wie die kleinen Tiere im Zoo. Sie bewegen sich, wenn der Leiter mit ihnen spielt. Er sagt, wir haben mitgeholfen, dass sie so groß und stark geworden sind. Indem wir uns täglich auf seine Schultern setzen, eins links, eins rechts, während er Kniebeugen macht, sehr tiefe, bis zum Boden, leisten wir einen wichtigen Beitrag. Und auch das Festhalten seiner Füße und das laute Mitzählen der Sit-ups tragen entscheidend zum Erfolg seines Trainingsprogramms bei. Achtundneunzig, neunundneunzig, hundert. Nach den Übungen wird gelaufen. Ein paar Runden, sagt der kaufmännische Leiter. Zwei oder drei. Durch die Weinberge. Das Stückchen Bergstraße hinaufsprinten. Nicht schleichen. Nicht so schleichen auf der Bergstraße.

Kriechen wie die Schnecken. Alle Kraft zusammennehmen, das trainiert die Beinmuskulatur. Das Gesäß. Die Schenkel. Vom Laufen werden die Beine formschön. Durchtrainiert und schlank. Die Fesseln schmal. Man muss auf grazile Beine achten. Man kann gar nicht früh genug mit der Massage beginnen. Von unten herauf. Bei den Knöcheln beginnen und mit beiden Händen aufwärts streichen. Zum Herzen hinauf massieren. Kräftig, bis übers Knie. Man muss rechtzeitig damit beginnen. Rechtzeitig auf einen grazilen Frauenfuß hinarbeiten, sagt der kaufmännische Leiter. Und hebt unsere langen Tellerröcke hoch. Nun auf dem Boden im Schneidersitz zieht er fest am Saum, damit die Röcke aufschwingen wie Glocken. Er drunter schauen, auf unsere tanzenden Beine schauen kann, er uns wie Puppen drehen, drehen, drehen, um die eigene Achse tanzen lassen kann....

Und hoch das Bein und hoch! Und höher! Moment, das linke, ja, das linke. Was habt ihr da. Wir sollen ihm das linke Bein hinstrecken, so ein öliges Geschmiere auf den Waden, auf den Knien, ihm das linke Bein zum Ansehen in die Hand geben. Schmetterlinge, sagen wir. Pfauenaugen, Zitronenfalterflügel. Wir strecken die Arme hinter dem Rücken aus und flattern mit den Fingern. Schlürfen Milchkaffe - Nektar! - aus der randvollen Tasse des Onkels und küssen ihn auf seine dicken Backen, eins links, eins rechts. Stirn an Stirn. Eine solche Schmierage, sagt der kaufmännische Leiter und weiß nicht, mit welchem Zeug die Körper der Kinder diesmal wieder verunstaltet wurden. Verschandelt regelrecht. Und zum Maleronkel gewendet, dass der doch wenigstens einen Ton von sich geben könnte. Wenigstens ein Wort sagen könnte. Zu seiner Rechtfertigung. Verteidigung! Aber das ist typisch. Wieder einmal typisch für Menschen seiner Art. Die machen nicht den kleinen Finger krumm, um den Schaden, den sie angerichtet haben, zu reparieren. Lieber drehen sie Däumchen und lassen andere wiedergutmachen, was sie selbst verbockt haben. Ja, das kennen wir, sagt der Leiter. Der Maleronkel sprachlos. Wie angewurzelt. Still. Es war nicht anders zu erwarten. Der kaufmännische Leiter hat mit nichts Anderem gerechnet als mit dem stummen Dahocken und Vor-sich-Hinglotzen des Möchtegernkünstlers. Während er sich hier abarbeitet. Auch heute wieder einmal, wie seit je, die Suppe auslöffelt. Sämtliche Falten wieder glatt bügelt, die mir nichts dir nichts ohne das geringste Nachdenken, traummännleinhaft ins Hemd hineingebügelt wurden. Tief. Der Leiter drückt fest auf. Der Leiter muss mit der Nagelbürste fest aufdrücken. Das Öl hat sich tief in die Haut gefressen. Tief in alle Poren. Öl in allen Farben. Mit Nagelbürste und Kernseife muss der Leiter das festgefressene Öl aus den Poren lösen. Mit heißem Wasser herausspülen. Heiß, so heiß. Brühend! Ordentlich reinwaschen, die Mädchenbeine. Wieder weiß.

Unsere Röcke wehen im Wind. Wir müssen sie niederhalten auf dem Weg zum Eissalon. Ein Stanitzel zur Belohnung. Ein kleines. Keine süßen Becher mit Milcheissorten. Vanille. Stracciatella. Haselnuss. Keine geilen Sorten. Oder gar Tiramisu. Das Geilste vom Geilen. Wo man's schon riechen kann. Das Fett. Schon spüren kann auf den Hüften. Wie sich's anlegt. Beruhigend dann das Tätscheln der Männerhand auf den Rockfalten. Lieber einmal Himbeer. Einmal Zitrone. Wassereis. Mit Fruchtgeschmack. Wassereis geht durch. Das Holz der Beserlparkbank ist heiß. Abgesplittert der flaschengrüne Lack. Wir lecken die Soße vom Keks. Wir warten, bis das Geschmolzene vom Eisberg die Tüte runter rinnt. Fangen vorsichtig die Tropfen auf. Das Rund der Kugel ist spiegelglatt. Makellos, die Tütenhaube. Der kaufmännische Leiter zeigt in die Richtung des Gärtnerhäuschens. Von perfekt kann keine Rede sein. Der kaufmännische Leiter zeigt dorthin, wo drei lange Bänke u-förmig zusammen stehen. Eine Menge Jugendlicher rauchend auf den Lehnen hockt. Burschen aus unserer Schule. Ganz in schwarz. Dosen knackend. Haltlos, sagt der Leiter. Und dass die alle da drüben kein richtiges Zuhause haben. Sicherheit. Keinen, der sie stützt. Der ihnen den Weg weist. Ihnen zeigt, wo's lang geht. Junge Menschen brauchen klare Vorgaben, sagt der kaufmännische Leiter. Regeln. Man muss ihnen klarmachen, dass ihr Tun und Lassen nicht ohne Konsequenzen bleibt. Sie die Grenzen ihrer Mitmenschen zu respektieren haben. Sie auf dem Eigentum der Steuerzahler nicht einfach herumtrampeln können. Mit ihren Füßen, sagt der kaufmännische Leiter. Mit ihren dreckigen. Gesox. Er hat keine Lust, sich von solchen seinen sauer verdienten Wohlstand ruinieren zu lassen. Wir alle miteinander können doch kein Interesse daran haben, dass es mit unserer Jugend so weit kommt. Er schaut auf die Hand meiner Schwester. Da rinnt Himbeersaft. Der kaufmännische Leiter schaut abwechselnd auf die himbeerrote Hand und den umrandeten Mund meiner Schwester. Sein Verzweifeltlachen so, als wollte er gleich ausholen. Schwesternlippenlecken. Das ist doch kein Eisessen, kein anständiges. Einmal noch. Das ist doch nicht zum Anschauen. Ein letztes Mal. Bevor der Stanitzelkopf im Leitermund, die Schwester an der Leiterhand in Richtung Brunnen verschwindet.

Es sind zwei oder drei, die da über die Wiese schlendern. In Röhrenjeans, knöchelhohen Turnschuhen. Weiße Imprints auf der Brust. Gesichterschatten. Der Kleinste spreizt die Arme ab als hätte er einen Oberkörper wie ein Cornetto und käme grad vom Training. Sie schubsen sich gegenseitig. Puffen einander in die Rippen. Einer setzt sich auf die Kinderschaukel. Dann das Einkreisen der beiden anderen von links und rechts. Schleichend. Gelegentlich. Unabsichtlich, hallo, auf die Bank geplumpst. Der Langhaarige hält den Kopf schief, während er meine Hand nimmt. Den Zitroneneisrest an seine Lippen führt. Von oben aufsetzt. Auf und nieder leckt. Die beinah schon weg geschmolzene Kappe schäumend ins Stanitzel massiert. Auf und nieder. Während er mit seinem Mittelfinger Eis-

speichelschaum von der aufgeweichten Waffel fängt, ihn mir, na, wie schmeckt das, wie schmeckt's, unter die Nase hält, ich, den sportlichen Zwerg am Kiefer, mit dem Verkosten beginne. Schwarz, der Rücken dessen, der da schwingt.
    Auch später die Rücken der Kollegen. Jugendstilaltbau. Großraumbüro. Tische in T-Form. Wir werden zu sechst sein. Mein erster Tag in der Unternehmensberatung. Die Neue. Entnervt das Aufschauen, Wegdrehen der Köpfe von den Bildschirmen. Von unten herauf. Abrollen. Abtasten mit den Augen. Noch vor dem ersten Händeschütteln mein Angebot, Kaffee für alle mitzubringen. Zum Einstand sozusagen. Arnold. Ein Blonder mit buschigen Augenbrauen rodelt auf seinem Bürosessel heran. Sein ausgestreckter Arm bleibt in der Luft hängen. Wirklich, es macht mir gar nichts aus. Ich werde die Küche schon finden....
    Ein Rütteln an der Schulter plötzlich. Nicht schlafen auf dem Schreibtisch, hör ich den Mann sagen. Und feucht grinsen noch, ob ich beim Vorstellungsgespräch etwa auch so einen kurzen Rock getragen hätte. So schwarzbestrumpft dahergekommen wär. Hör ich Paul, Pauls Stimme im Traum....
    Bin ich nass heut morgen, schweißgebadet aufgewacht.

Samstag, 15. Oktober (10 Uhr)

Kinnfliehen

Am Kopfende, sagte Wilma schon in meiner ersten Arbeitswoche. Er sitzt bei Feiern immer dort, wo die Tafel ihren Kopf hat. Oder gleich beim Tischeck. Links oder rechts. Jedenfalls so, dass man sich nicht zu sehr verrenken muss, um ihm beim Sprechen zuzusehen. Die Augen möglichst aller auf ihn gerichtet sind.
    Ralph Lauren. Das Hemd aufgestrickt bis zu den Ellenbogen. Wie stets uni. An jenem Abend war es lachsfarben. Gut

sichtbar eingestickt auf der linken Brust ein kleiner Polo-Spieler. Mitten im Schlag. Sonst wird allenfalls Längsgestreiftes derselben Marke getragen. Blautöne bevorzugt. Kühles, das sich sowohl mit Jeans wie auch mit Anzügen gut kombinieren lässt. Blendend. Gelegentliches Aufblitzen eines weißen T-Shirt-Dreiecks auf der melangebraunen Brust. Schafbergbad im Spätsommer. Ein Muss, seiner Ansicht nach. Nicht glatt rasiert sein Kinn. Mehr so, dass es schabt auf der Haut. Schmerzt beim stärkeren Darüberstreichen. Stoppeln so hart wie Igelstacheln. Brennend. Dass das helle Grün der Iris aus dem dunklen Schopf- und Dreitagesbartrahmen regelrecht heraus sticht. Er streckt den Kopf vor. Sein Zuhören ein Wechselspiel zwischen Augenaufreißen und Perlweißblinken. Nein, nicht wirklich, echt? Erzähl! Verharrt er, ganz bei dir. Wie festgefroren. Eine Strähne um den Mittelfinger wickelnd. Pianistenhände. Formschön. Schmal und dennoch kraftvoll. Diese Mischung. Eine solche zwischen Sensibilität und Stärke, die einem heiß und kalt über den Rücken rinnt. Er zündet sich eine Zigarette an. Vollendete Maniküre. Die Monde frei von Nagelhaut.

    Abdriften. In Gedanken die Venen entlangfahren, von der Zigarettenhand abwärts zur Unterarm-Innenseite hin. Wo sie sich zum Netz verzweigen. Vom Hanteltraining blau und voll gepumpt aus dem kräftigen Muskel treten. Erst sein glasiger Blick. Dann das Wegdrehen vom einen zum andern Sitznachbarn hin. Enthaart, diese Arme. Gewachst. Vom Oberarm bis zu den Fingerknöcheln. Dieses Stehenlassen, kurz vor dem nächsten Luftholen. Sauber. Mitten im Satz. Stainless steel, am Handgelenk. Am rechten. Matt. Supersize auch das Ziffernblatt. Extra large. Wie scheinbar alles an ihm. Mit links, jede Handbewegung in Anwesenheit vieler. Rund. Selbst das Führen der Zigarette zwischen Daumen und Zeigefinger. Das fächerartige Wegspreizen der restlichen drei. Rauchausblasen. An die Decke. Aus Rücksicht. Keine Ringe wie sonst. Kein Fischmund. Auf und zu. Karpfenringeblasen. Lippen hart und schmal. David-Beckham-like. Die Kinnpartie. Das Bizepsspiel unter dem Hemd rhythmisch. Als wär's gewollt beinah im Takt der Musik, ... *thinking this is the life* ..., hingegen leise.

Neben einem wie Paul kannst du ertrinken als Frau, sagte Wilma. Und er merkt es nicht einmal. Einfach absaufen, wie sie letztes Jahr während eines Betriebsausflugs beinah abgesoffen sei. Nachdem sie zu dritt beschlossen hatten, an einer relativ schmalen Stelle bei Pörtschach über den Wörthersee zu schwimmen. Das Gewitter sei noch in weiter Ferne gewesen. Das andere Ufer unbeschreiblich nah. Ob ich wüsste, wie es sich anfühle, so ein Tiefenschwarz in der Mitte des Sees. Ob ich eine Ahnung davon hätte, welches Getier sich in diesem Krater tummle. Je näher man der Seemitte komme, brustschwimmend, den Kopf bloß nicht eintauchen, desto verschlingender tue sich die ungeheure Stille des Wassers unter einem auf. Und natürlich könnten Fische beißen. Gäbe es welche, die das, was da durch ihr Territorium schwimmt, als feindlich erkennen, und sich am Widersacher festhaken. Plötzlich an irgendeinem deiner Zehen hängen. Sie habe verzweifelt um Hilfe geschrien, Fische, Fische, rasend um sich geschlagen. Doch Paul sei vorausgekrault mit mächtigen Zügen, und habe sie, ohne sich auch nur ein einziges Mal umzudrehen, den Angreifern überlassen. Beziehungsweise dem ihr beruhigende Worte zuredenden Kollegen Arnold, der nun auch schon, Donnergrollen über Pörtschach, das Wasser schwarz wie Moor, mehr als weiß im Gesicht gewesen sei. Nach einer Ewigkeit, es hatte schon begonnen zu regnen, habe ein Helfer sie beide dann aus dem Wasser ins Rettungsboot gezogen. Im Hintergrund Paul auf dem weißen Ledersitz. Schon längst trocken. Das Handtuch lässig über die Schulter geworfen.

Da, sieh ihn dir an. Wilma nickte hin zum Tafelkopf. Wie sie ihn löchern. Der Name seiner Freundin ist nicht und nicht aus ihm herauszubringen. Wie er verlegen am Ralph-Lauren-Logo zupft. Bestimmt eine blutjunge, Anfang zwanzig höchstens, Frischfleisch, begannen die Kollegen mit dem Ratespiel. Der Kommentar des einen, mit einem Wink auf die nestelnden Finger, ob sein Schatz denn gerne ritte. Und unter schallendem Gelächter um einiges lauter noch, ob sie etwa eine leidenschaftliche Reiterin sei.

Ihr Blick. Wilmas Blick von der Seite. Schief. Dann feucht die Flut, wie sie mir aus den Achselhöhlen steigt, übers rotfleckige Dekolletee schwappt, den Hals hinauf ins Gesicht, mir auf den Wangen kocht, rot, bis unter die Haarwurzeln, rot. Und roter noch, glühend an den Ohren.

Es war keine Absicht. Ich habe mich nicht in dieser Firma beworben, um dann wenige Wochen später eine Affäre mit meinem Vorgesetzten zu beginnen. Meinen Job gleich wieder aufs Spiel zu setzen. Warum warum. Es ist ein bestimmter Moment, ein einzigartiger, der einer solchen Kurzzeitbeziehung, besser einem solchen Verhältnis vorausgeht. Ein zauberhafter Augenblick, der den Mann hinauskatapultiert aus dem Hier und Jetzt, ihn über allem schweben lässt. Mir die Sicht auf den eigentlichen Menschen nimmt, genommen hat. Für eine Weile.

Amy Macdonald. Lauter, dreh lauter ... *and your're singing the songs thinking this is the life* ... Dienstreise im BMW. Der Unternehmensberater mit seiner Assistenz. Hotelprojekt in Katowice. Polen. Mitbewerberanalyse. Immer in Richtung Ostrau. Friedek-Mistek. Konsequent nach Ostrava. Frýdek-Mistek. Gegen Abend klappen wir das Cabrio-Dach zu. Schnellstraßen. Gegen Abend wird's schon kühler. Schussstrecken. Eine wie die andere. Ob in der Wachau oder in Tschechien. Kaum Verkehr. Ich bring ihn hoch. Du wirst sehn, ich bring ihn hoch. Baumstreifen. Feld. Baumstreifen. Feld. Feld. Mal längs-, mal quergestreift. Feld. Was, wenn man hier eine Panne hat. Baumstreifen. Hundertachtzig. Siehst du, er kommt schon. Hundertachtzig. Komm, komm, nur kurz. Wenn uns die Polizei erwischt, immer hübsch lächeln. Ja, jetzt! Zweihundert, zweihundert! Und ein, zwei Blusenknöpfe auf. Nur ein Scherz. Keine Angst. Fernlichtstrecke. Kaum Gegenverkehr. Beim Runterkommen dann sein rechter Arm auf dem Lenkrad. Die linke Hand zur Entspannung quer auf dem Oberarm. Hundertfünfzig. Kinnschaben. Hundertdreißig. Easy. Ganz entspannt. Abendlichtleuchten auf den Knöcheln, auf dem Handrücken. Männer-Hand-Rücken. Licht und Schatten. Spiel. Heißkalt. Am Straßenrand. Sicher und erfahren. Das Steuer fest im Griff. ... *thinking this is the life* ... Parkplatzstraßenrand. Nein, nicht, ... *thinking* ... Doch, sicher, komm, lass dich fallen. Nicht, lieber nicht, lass mich, lass. Fall ich. Tief. Und sicher in den Sitz.

Es ist das Aufwachen neben ihm. Es ist die Art und Weise, wie der Gott von seinem Thron stürzt. Aus dem Mann plötzlich Paul geworden ist. ... *and you wake up in the morning and your head feels twice the size* ... Danach.

Der Faden zieht sich. Schräglage. Halb auf der Seite. Halb auf dem Bauch. Angewinkelt der rechte Arm, das rechte Bein. Als wollte er eine Wand hochklettern. Wäre gerade dabei, sich zum nächsten Vorsprung hoch zu ziehen. Der Faden erst zähflüssig. Dann wässrig. Fein wie ein Haar. Tropft. Sitzt tropfend auf dem Leintuch auf. Kein Schatten. Eine Lacke, in der die Wange liegt. Spuckeriechen. Kannst du Spucke riechen auf der Haut. Unterkieferabfallen. Kinnfliehen, relaxtes. Der ganze Körper. Oben links. Das Eck- und Schneidezahneintauchen in die Unterlippe. Wie gelähmt.

Ich brauch nicht fragen. Er würde sagen, Gaumensegelerschlaffung. Nur ein leichtes Schwingen des Gaumens im Atemluftsog. Zum Teil auch des Zungengrundes, würde er sagen. Oder dass der ganze hintere Bereich der Zunge möglicherweise ein wenig in den Rachen zurückfällt. Beim Auf-dem-Rücken-Liegen. In Folge der totalen Entspannung. Oder aus Erschöpfung, manchmal. Selten, würde er sagen. Nicht oft. Gelegentlich.

Du sitzt ja längst, und liegst nicht mehr. Aufziehen, verschorftes. Rindenborkenbrechen. Bersten. Als hinge Verkrustetes in gelblichbraunen Höhlen, und tief einatmen, der blanke Rücken hebt sich, bräche stückweise von den Wänden, und wieder ein Teil, knatternd, im über und über, saftig verstopften Raum.

Die Matratze vibriert, selbst wenn du dir den Kopfpolster um die Ohren wickelst. ... *where* .. Bettzeuggeruch. Erinnerung an den Mann. Vanille, etwas zu scharf. Leicht überdosiert ... *do I sleep tonight* ... Du weißt nicht mal, wie spät es ist. Auf Zehenspitzen ins Badezimmer. Oral B und Aufladegerät, übervoll mit eingetrockneter Zahnpasta. Die Bürstenzähne abgekaut. Ausgefranst der Pinselkopf. Grau. Und grobkörnig klebt eine Spur auch am Badewannenrand. Schwarzgeschliffenes da in der Muschel. Seine Markierung, würde Paul bestimmt lachend sagen, und dass das Hinterlassen von Duftmarken das Vorrecht eines jeden Alpha-Rüden sei. Zur Kennzeichnung seines Reviers. Im Unterschied zum Streifgebiet, in dem sich die Tiere nur teilweise aufhalten. Streifgebiet, schwarz geschliffenes, denk ich. Klappe, gräulich braun, den Deckel zu. ... *and so you're heading down the road* ... Paul habe sich erst gewundert, ... *down the cold dark street tonight* ..., sei richtig erschrocken dann, als er mich auch im Bad nicht habe finden können, sei sogar ins Stiegenhaus hinausgelaufen, ...*where you gonna go where you gonna go* ..., habe vor der Haustür mehrmals nach mir gerufen... *do I sleep tonight* ...

Wilma schubste mich an der Schulter. Was ich bloß an diesem Mann finden könnte. Und warum ich denn nicht genauer hinhorchte. Auf seine Stimme. Diese Stimme, sagte sie. Beim besten Willen - weibisch.

Samstag, 15. Oktober (nachmittags)

Vorleben

Weststrecke. Mü Wü Ka Ha Ki. München – Würzburg. Kassel, Hannover, Kiel. Fischmarkt. Immer mittwochs und samstags. Immer an den Vormittagen. Nur hier an diesem Stand ein Haifischkopf als Dekoration neben den Plattfischen. Flunder, mien Dern. Aale, lebend im Bassin. Gerade erst rein gekommen. Der Verkäufer hielt sie vorher noch einmal hoch. Damit man ihr Zappeln sehen konnte. Ganz frisch. Wie sie sich wanden. Meistens genügte ein Schnitt. Kräftig und sauber.

Diesmal sind wir durchgefahren. Mit mehreren Pausen wegen der Hitze, aber ohne Übernachtung. Seit fünf Uhr Früh habe er am Volant gesessen. Der Schwiegersohn hievte ungehört die letzte Tasche aus dem Kofferraum, während die Tochter am Hals der Admiralswitwe hing. Friesischer Frauentyp, ein krummer Rücken sei dessen Markenzeichen. Trauerweiden. Birke, sagte ich. Das ist eine Trauerbirke da im Vorgarten. Man erkennt sie am schwarzweiß gemusterten Stamm. Auch schon egal.

Nobelvorort. Nicht asphaltiert, der Bürgersteig. Er glitzert, als hätten sie bunte Glasperlen in die Sandmasse gemischt. Gehsteig. Red normal. Taschenschleifen, unser gemeinsames. Sein Am-Riemen-Reißen. Jäh über die Steinfliesen, über die Fugen Reißen. Ein Knacken manchmal, als wäre der Stoff am Unterboden gerade geplatzt. Dazwischen das Geschrei meiner fotografierenden Schwester. Dass sich der Käfer da vor dem Wacholder ja noch bewege, vielleicht sogar zu retten sei.

Im Vorbeigehen ein flüchtiges Klopfen auf den Rücken der Tochter. Grad stehen. Flüstern in meine Richtung. Der Flottillenadmiral wäre ein kleiner Mann gewesen. Sein Scheitel hätte ihnen bloß bis zum Kinn gereicht. Ihnen. Eine kurze Drehung des Kopfes genügte. Alle Frauen wollten im Grunde doch nur zum Partner aufschauen. Sich an seiner Schulter anlehnen, statt sich darauf zu stützen wie auf einen Schemel. Lilarote Blüten voll gesoffen im Halbschatten neben der Eingangstür. Passt mit der Tasche auf meine Fuchsien auf! Tief hängend die Zweige. Geknickt auf eine Weise. Schwer.

Ich bin mir nicht sicher, wann es jedes Mal begonnen hatte, dieses Ineinanderaufgehen der Frauen. Das Zusammenschmelzen der einen mit der anderen. Sphäre. Die Ausrufe der Tochter schon auf der Autobahn. Seht doch nur, Schweinfurt! Mein Gott, wir sind ja schon in Schweinfurt! Spürbar körperlich wie kleine Schläge. Angewachsen von Kilometer zu Kilometer, ihr Endlich-von-daheim-Weg. Ab-nach-Hause-Driften. Ins Heimatfluchtgebiet. Die gute alte Dogge. Das Vieh des Nachbarn bellte wütend oben auf dem Deich, den man direkt hinter einem viel zu niedrigen Gartenzaun aufgehäuft hatte. Ein so gutmütiges Tier. Von der Größe eines Fohlens. Ein Satz genügte. Wie das Grün doch eingewachsen ist seit dem letzten Jahr. Und Loses sich zum Ganzen fügt.

Sind wir. Sind wir nicht. Kinder. Greift doch zu.

Spätnachmittagshitze. Ein Strandkorb auf der Terrasse. Blauweißgestreift, der Polsterüberzug. Farben des Meeres. Erinnerungsstück an bessere Tage. Das Haarnetz der alten Frau schnitt ein wenig ein am Ansatz, hinterließ feine Rillen auf der Stirn. Dutt. Meine Schwester presste die Zungenspitze lang, Kussmund, an die Innenseite ihrer Schneidezähne. Dutt. Sie zoomte einen ziemlich steif im Strandkorb hängenden Weberknecht näher heran. Wie erkennt man, ob eins lebt? Schneid lieber den Kuchen auf. Kuchenquader. Längsformat. So nehmt doch noch. Mosaikmuster auf den Teetassen. Johannisbeermarmelade. Stachelbeer-Birnen-Kompott. Die Lieblingsfrüchte des Erst- und Zweitgeborenen. So wären die beiden immer mit dabei. Immer bei uns, auf eine ganz spezielle Art. Ob wir denn schon die Johannisbeersträucher und Stachelbeersträucher gesehen hätten, die vor gut zehn Jahren zum Andenken an die beiden Verunglückten gepflanzt worden waren. Wie reich sie heuer trügen. Dort, ihr wisst ja, hinter den Glockenblumen. Und erst der Birnenbaum. Übervoll! Seine Krone ist übervoll mit Früchten, bricht fast…

Sand, sagte die Tochter, eine Nachzüglerin, hörbar schmeckend, und wiederum nachschmeckend, Sandmasse, und strahlend plötzlich, während sie in die Hände klatschte, dass das ja Sandkuchen, ein mit viel Liebe gebackener Sandkuchen sei.

Schlag. Der Schwiegersohn streckte den Arm aus. Die Finger winkten ungeduldig heran. Man möge ihm bitte das Obers reichen. Was? Das Schlagobers. Die Schlagsahne, die Sahne, die geschlagene. Sie würde so einiges erleichtern. Auch wenn manche offenbar nicht genug vom Bröselkuchen bekommen könnten. Und auf meinen tunkenden Zeigefinger, ein noch auf dem Teller wartendes Stück schielend, aus lauter Gier. Ungezügelter. Die einem irgendwann den Leib aufquellen lassen würde wie einen Ballon. Ständiges Buckliggehen und Buckligstehen täten dann bloß noch ihr Übriges dazu. Wenn du nicht aufpasst, sagte der Schwiegersohn, ist sie von der Seite betrachtet bald s-förmig, deine Figur. Ohnehin plädiere er für ein Korsett. Mehr Halt für das junge Knochengerüst, das ihm äußerst labil vorkomme. Empfindlich bis dorthinaus auf die geringsten äußeren Einwirkungen zu reagieren scheine, und dabei wäre, sich aus Mangel an eigener Widerstandskraft äußerst unschön zu verbiegen.

Ihre Zähne. Lange, gelblichweiße Stifte.

Wissen kann er es nicht. Natürlich kann er, der Schwiegersohn, nicht wissen, wie es sein muss, beide Söhne zu verlieren. Wahrscheinlich kann er es sich nicht einmal vorstellen, da er ja auch keine Söhne hat. Die Admiralswitwe zog etwas Luft durch den Zahnhalszwischenraum oben rechts. Wie es sich anfühlt, von einem Tag auf den anderen, wir bedauern zutiefst, ein Autounfall, ohne die geliebtesten Menschen, seinen ganzen

Stolz da zu stehen. Konzentrierter nun das Luftziehen. Lang, kurz, kurz, lang. Ihre hochgezogene Lippe setzte das Zahnfleisch frei. Mit welchem Recht er als Zivildiener, nicht wahr, das Wort *Haltung* überhaupt in den Mund nähme. Und wie er ohne Wehrdiensterfahrung überhaupt beurteilen wollte, was wirkliche Haltung sei.

Würmer. Die Stimme meiner Schwester dumpf unterm Tisch. Hier kröchen Würmer, ganz blaue. In Großmutters Kniekehlen, auf ihren Unterschenkeln. Ganz viele, unter der Haut.

Das Stöhnen sei im Bad am besten zu hören, hieß es. Wenn die Freundin des Nachbarn wieder einmal, meist am frühen Abend, heimkommt, könnte man das, was sich dann im Nachbarsschlafzimmer abspielt, hier, direkt darunter, beinah live miterleben. Nur solange die Balkontür geschlossen bliebe. Andernfalls, und das komme oft vor, während der warmen Jahreszeit eigentlich immer, sei die Akustik auf der Straße nicht zu überbieten. Und so mancher Passant schon mitten im Gehen erstarrt, heuchlerisch dann auf die in voller Blüte stehende Heckenrose an der Hauswand deutend, sobald er sich beim Lauschen ertappt fühlte. Furchtbar. Das Gewinsel schon zu Beginn des Aktes wäre einfach furchtbar, hieß es. Und wie's mit der Zeit dann in ein Wehklagen, als wollte ein Schmerz kein Ende nehmen, in regelrechtes Schreien übergeht.

Ich konnte warten. Hatte mich auf den Badewannenrand gesetzt. Gesammelte Seifenreste in einem Plastiknetz. Ein gepresster Klumpen. Getrocknet. Grauer Schaum von erdigen Händen. Spieglein, Spieglein. Ich benützte eine Rundbürste beim Fönen. Das ist ein Rundschnitt, wie ihn Mireille Mathieu getragen hat. Vor ewigen Zeiten. Ewigen! Rund wie deine Backen. Und Stirnfransen sind das auch keine. Lolita lehnte sich grinsend an den Klassensprecher, der wie in jeder Pause im Eck beim Kasten stand. Kleopatra-Frisur. Strohblond. Messerscharf geschnitten. Ein Vorhang, bis auf die Lider. Ich streifte mir aus den Augen, wo nichts zum Wegstreifen war. Was glotzt du so. Ihr Hinterkopf beim Auflachen wie angegossen in seiner Halsbeuge. Als hätte man mir einen Kochtopf aufgesetzt, schief wie einen Hut, und rundherum geschnitten. Die Klassensprecherhände spielten Klavier auf Lolitas Rippen. Bloß sein Haar hatte Volumen. John-Travolta-Verschnitt. Sie war noch schmaler. Ihre Brust die einer Kindfrau. Meine Füße steckten in Halbschuhen für Einlagen. *Elefanten*, in der Innenstadt. Ein ganz besonderer Laden. Modelle in vielen Farben, du wirst sehen. Es war nicht so, dass ich dauernd hinschauen musste. Nur manchmal. Die Lippen beider feucht und prall. Lolitas Schmollmund glänzend.

Ravels *Bolero*, hört ihr das? Schallgedämpft, das Gerede draußen. Jetzt geht das schon wieder los. Hektisches Hin und Her im Vorzimmer. Sandalen mit Gesundheitsfußbett schlugen rhythmisch an die nackten Sohlen. Abstellkammertürknarren. Nach-dem-Ding-wo-ist-das-Ding-Kramen, Regalverrücken, Gläserklingen, Einmachgläserkippen, Schlusspunkt. Nein, auch das noch! Klirren auf den Fliesen.

Vorletzte Reihe. Licht aus im Biologiesaal. Der Zyklus. Film ab. Das Ei ist die größte Zelle des menschlichen Körpers. Die größte, hast du gehört. Der Klassensprecher dicht an meinem Ohr. Ein Kitzeln an den Nackenhaaren. Du hast noch nie, stimmt's. Dicht. Follikelreifungsphase. Sprungreif. Weißt nicht, wie's geht. Sein Flüstern zart. Ob ich denn gerne wissen wollte, wann mein Follikel sprungreif wäre. Er blies mir auf den Hals. Willst du? Gleich, warte, gleich. Warm sein Atem. Da schau, jetzt! Jetzt ist's soweit! Die Ovulation kann beginnen. Am Dornfortsatz ein Platzen, Eiklar, klebrigkaltes, Dotter, klebrig und kalt, wie's in den Kragen rinnt.

Man muss sich den Höhepunkt vorstellen. ..._ttt_tammtamtam_ttt_tamm ... Man kann das nicht beschreiben. ..._ttt_tammtamtam_ttt_tamm ... Dieses Gefühl. Was sich da in einem abspielt, innerlich. ..._ttt_tammtamtam_ttt_tamm ...

Wie Ohrenjucken, sagte Lolita so nebenbei an einem Gute-Laune-Tag. Als juckte es einen tief drinnen im Gehörgang. Ein Ziehen bis in die Zehenspitzen, dass du fast wahnsinnig wirst und gegen das nichts hilft bis auf ein Wattestäbchen. Denn nur ein Wattestäbchen kann dir, wenn du's vorsichtig im Gehörgang drehst, Erleichterung verschaffen. Aber mach die Augen zu, sagte Lolita. …_ttt_tammtamtam_ttt_tamm… Mach die Augen zu dabei!

Und drehen, drehen, immer weiter drehen, ja endlich, einmal noch. Und-einmal-noch-bitte-Schreien! _ttt_tamm… Bitte! Ruhe! Endlich-Ruhe-da-oben-Rufen. Und An-die-Decke-Klopfen, Hämmern. Ruhe endlich, klopft der Besenstiel.

Später dann die Tochter auf dem Weg in die Küche. Großmutter saß mit angezogenem Bein auf dem Rasen und untersuchte ihre Fußsohle, als ich in den Garten kam. Das Kameraauge meiner Schwester nah am schmerzverzerrten Gesicht. Bienenstich, sagte der Schwiegersohn und schob die Gabel in den Mund. Süß. Mit Honig, und Mandelsplittern drauf.

Samstag, 15. Oktober (18 Uhr)

Sitzschuhe tragen.

Ich habe überlegt. Zwei Stunden lang mit dem Handy in der Hand, dem Daumen auf der superwinzigen Taste. Ob ich Paul anrufen soll. Und wie man eine solche Nachricht überbringt. Hallo, übrigens, du wirst Vater. Was da am besten zu sagen wär.

Ich könnte ihn ja schlicht und einfach nur informieren. Ihn freundlich, aber sachlich in Kenntnis setzen. Ich müsste dabei lediglich ein wenig auf die Form achten, auf die Art und Weise der Präsentation. Eigentlich kommt es bei Paul nur auf den richtigen Ton an. Darauf, dass man ihm die Gelegenheit gibt, mit der veränderten Sachlage etwas anzufangen. Fakten, Fakten. Und darauf, dass diese auch in gebührender Weise aufbereitet sind, bevor man sie ihm auf den Tisch legt. Dass der Berg an Informationen etwas geschlichtet ist. Man also wenigstens das überflüssige Material aussortiert und sich die Mühe gemacht hat, eine kurze, jedoch äußerst aussagekräftige Inhaltsangabe - keinen Roman, niemand spricht von einem Roman - ganz oben auf den Stapel zu legen. Das Wesentliche in vier, fünf Zeilen zusammengefasst. Das wird doch bitte möglich sein. Es komme darauf an, dass das Gesagte auch Substanz habe. Diese auch greifbar, zählbar, messbar sei. Ein einziger sachlicher Satz, ich will das Kind behalten, ich will es nicht, ersetze oftmals hunderte, die einem völlig übertriebenen Gefühlsausbruch entstammen. Und sich als geballte Ladung, eiskalt, der Schwall, über dem Kopf des gänzlich ernüchterten Gegenübers ergössen. Ausschlaggebend ist, was unterm Strich steht, würde Paul sagen. Die Schlussfolgerung. Was letztendlich bei der Sache... eine Enge hier, als hätten die Bronchien Türen, ihr Klappen, Zuklappen bei jedem Atemzug, nur mehr wenig Sauerstoff im Zimmer... herauskommt, würde er sagen. Und begreiflicherweise wissen wollen, sein gutes Recht, welche Erkenntnis ich aus den gegebenen Umständen ableite. Immer die Prämissen beachten, römisch eins und römisch zwei. Lösungsorientierte Denkansätze bitte etwas rascher vorantreiben. Zu welchem Entschluss - Schlussschlussschluss, sachlich bleiben, bleib sachlich - ich nun gekommen bin.

Draußen abgeschliffen der Himmel. Seit Tagen schon immergleich tonlos und grau. November, Dezember, Februar, welches Monat haben wir. Parkrundendrehen. Feucht legt sich die Kälte an. Seit je an regnerischen Tagen die Erinnerung an durchtränkte Watte. Ans Frauwerden. Auf dem Weg dahin. Fraulich! Watte zwischen den Beinen tragen. Das erste Mal. Unfrei. Warum trippelst du so? Als habe etwas von einem Besitz ergriffen plötzlich. Arbeite selbstständig und ohne das geringste Interesse am Wünschen und Wollen der Person auf ein Ziel hin. Auf ein höheres, von Irgendwoganzweitoben gegebenes. Unantastbar das göttliche Wesen, die Kraft. Etwas wird's schon sein. Die Schenkel der 13jährigen dagegen zittrig. In Erwartung zugespitzt beginnt zwei drei Tage davor das große Schlingen. Saftiger Pizzateig. Weiches. Warmes. Süßes. Unmengen davon. Danach ein Ziehen und Krampfen im Unterleib, zieht's und krampft's beim Liegen, Sitzen, Stehen. Bin ich, ob liegend, sitzend, stehend, monatlich in Haft genommen.

Alle Merkmale, die zum weiblichen Körper, zum Wesen der Frau dazugehörten, ja die sie förmlich ausmachten, müssten nun einmal als unveränderlich akzeptiert werden. Hingenommen, hörst du. Da helfe auch kein Lamentieren. So arg könne das Übel, alle vier Wochen, was ist das schon, gar nicht sein. Lass passieren, was nicht zu ändern ist. Füg dich. In die Weibchenrolle. Füg dich ein, ins Barbiepuppenspiel.

Neunzig - sechzig - neunzig. Die Wunschfigur. Das Warten auf ihn gehört zu ihren Pflichten. Wie jeden Abend liegt sie auch heute, es ist schon fast Mitternacht, die Kinderzimmertür leicht angelehnt, vor dem Fernseher, nachdem sie den ganzen Tag auf den Beinen war, ein einziges Gerenne von Pontius zu Pilatus, und nicht eine Sekunde lang, ausgenommen zu den Mahlzeiten, zum Sitzen gekommen ist. Kochen putzen saugen, vor dem Einkaufen noch rasch ein Kind zum Flötenunterricht bringen, danach mit dem andern zum Orthopäden. Die Figuren auf dem Bildschirm wispern. Nicht einmal einen Kaffee konnte sie in Ruhe trinken. Leise leise. Nicht mal einen kleinen....

Sie habe es versprochen. Fest. Aufzubleiben für ihn. Er hängt vorsichtig das pralle Schlüsselbund an den Haken. Wach. Ob sie sich etwa nicht mehr daran erinnern könne, was sie am Morgen großspurig verkündet habe. Fit wollte sie bleiben. Um ihrer Zweisamkeit willen. Mun-ter! Damit er wenigstens einmal am Tag etwas Entspannung habe. Verhalten klirren die Eiszapfen. Etwas von ihr, von seiner Frau habe. Einmal am Tag. Besonders nach dem heutigen Besprechungsmarathon. Unterschwellig. Nicht laut. Betont schließt er die Wohnungstür, drückt die Klinge lang. Die Beine der Verschlafenen zucken vom Couchtisch. Kein Aufreiben. Oder gar Handanlegen. Nicht die Spur davon. Mehr nach Katzenart die Taktik. Zum Sprung bereit. Erst geduckt, dann wieder buckelnd pirscht er sich an die Frau heran. Sein Genitale schmerze schon. Gewaltig. Und würde sich bestimmt bald entzünden, da er doch seit gestern noch nicht zum Zug gekommen sei. Der Luftpuffer zwischen ihnen ausgedünnt, geladen. Selbst die Fernbedienung. Winzige Funken schlagen, als sie den Ausknopf drückt.

Wie er sie nun vor sich her treibt. Nur Hausfrau und Mutter. Was sie schon täte den ganzen Tag. Mit der Hitze seines Körpers, was, was kinnruckend, was, ruckend mit dem bis aufs letzte Haarkranzhaar geschorenen Kopf. Das bisschen Zusammenräumen und Im-Kochtopf-Umrühren könne doch nicht so erschöpfend sein. Bist du etwa frigid? Wie er Satz für Satz, mal links mal rechts, ihr die Worte um die die Ohren schlägt.

Nicht, dass sie sich gewehrt hätte. Aufgerichtet zu voller Größe. Von Scheitel zu Scheitel gemessen die beiden nicht annähernd auf gleicher Höhe. Dem Mann die Stirn geboten hätte, einfach nur die Hand gehoben. Nein! Statt Schritt für Schritt rückwärts zu setzen, mit beiden Händen nach Greifbarem, der Wand, dem Türstock tastend, sich überfahren zu lassen, immer weiter in die von ihm gewünschte Richtung, nichts leichter als das, die paar Meter vom Wohnzimmer ins Schlafzimmer, drängen zu lassen. Und ja, selbstverständlich könne sie sich einen Job suchen. Wenn all das hier, als wär's die Welt, kreist sein Arm, was er ihr bisher geboten habe, nicht mehr genüge. Ob sein Gehalt etwa nicht mehr ausreiche für die Versandhauseinkäufe. Zur Finanzierung ihrer Nagellack- und Lippenstiftkollektion. Ohnehin hätte sie am liebsten Nagellack und Lippenstift an der Kassiererin vorbeigeschmuggelt, um dem Mann nicht zur Last zu fallen, die kleinen Teile in der linken Hand versteckt gehalten, aus Gründen der Sicherheit, weil sie ja sonst durchs Einkaufswagengitter rutschen könnten, dann später rein zufällig beim Bezahlen vergessen. Die Idee sei köstlich. Mit zwei kleinen Kindern berufstätig sein. Ein Faschingsscherz geradezu. Und mit der Freundlichkeit eines Clowns, zusammengekniffenen Augen, für welche Stelle sie denn meine, in Frage zu kommen. Wofür sie sich bewerben wollte, nach zehn Jahren hausfraulicher Tätigkeit. Als was willst du denn gehn, den lieben langen Arbeitstag.

Sie sieht ihn nicht an. Ihr Blick, ein solcher Ich-hab's-verdient-Blick. Und bin ein Wurm. Starren. Geradewegs in seinen Bauch hinein. Als wäre sie aus sich hinausgestiegen. Hätte ihm bloß ihre Hülle, eine widerstandslose, windelweiche zurückgelassen. Sag doch was, sag endlich was! Herrgott, windel-weich könnt ich... Zum Abreagieren. Slime, grünes, das einem durch die Finger rinnt, sich endlos dehnen lässt, Endlosfäden spinnend dehnen lässt, endlos, ohne abzureißen.

Abschlussarie.

La Bohème. Mimi kann nicht sterben. Ich flüstere, damit es niemand sonst hören kann. Die Frau hält sich die Hand vor den Mund. Siebente Reihe Mitte. Der trockenen Luft wegen, sagt sie. Parkettkarten sind die besten. Nicht vier, nur zwei, weil sie so teuer sind. Die Schultern schmal beim In-sich-hinein-Husten. Psychosomatisch. Das geschlagene Kind im Kleinen Schwarzen krümmt sich. Wir werden vom Ehemann persönlich mit dem Wagen hingebracht und wieder abgeholt. Wenn die Besprechung nach dem Handballtraining zu Ende ist und sich die Runde aufgelöst hat. Die Oper sei ein richtiges Museum. Nicht zum Sattsehen. All die Decken, Wände. Von wegen, selbst hinfahren. Mit der Straßenbahn, heim. Selbst. Ständig. Das Paar, zum Kind gewendet, plötzlich wieder vereint. Im Duett nun. Fassungslos. Das seien elegante Damenschuhe, ob ich verstünde, Stöckelschuhe. Lack! Die sind zum Sitzen, nicht zum Wandern da.

Samstag, 15. Oktober (22 Uhr)

Die Bewerbung

Wegen des schlechten Betriebsklimas brauchst du den Dienstgeber nicht zu wechseln. Wenn ich damit rechnete, dass man mir in einem anderen Unternehmen eine freundliche Kollegenschaft auf dem Silbertablett servieren würde, so läge ich falsch. Vollkommen, hieß es. Vor etwa einem halben Jahr. Bloß nicht kündigen! Zumal ich nach einer äußerst kurzlebigen, schon in den Anfängen stecken gebliebenen akademischen Karriere nun endlich eine dauerhafte Beschäftigung im Angestelltenverhältnis gefunden hätte. Zwar mehr Einkommensquelle als Vorzeigeposition, nichtsdestotrotz grundanständig und solide. Eine Selbstverständlichkeit sei das nicht. In Zeiten wie diesen könne ein junger Mensch dankbar sein für so eine Chance. Außerdem hätten Wankelmütigkeit und Sprunghaftigkeit schon ihre Spuren in meinem Lebenslauf hinterlassen. Und was das bedeuten solle, Spaß an der Arbeit haben. Immerhin sei es nicht unwahrscheinlich, dass ich nach relativ kurzer Zeit wieder das Handtuch werfen würde. Nach vier bis fünf Monaten, schätzungsweise. Maximal. Wann's mich eben nicht mehr freute. Jeder Personalchef wäre also gut beraten, das Risiko eines derart kurzen Gastspiels gleich von vornherein mit zu berücksichtigen. Auch das Wohlwollen der Kollegen und Vorgesetzten müsste erst verdient werden. Aus dem Wald halle es nämlich gleichermaßen heraus, wie man hineingerufen habe. Und gratis, hieß es, gratis gäb's nun einmal gar nichts.

Trotzdem. Take it. Personalvermittlung. Assistent/in für namhafte Unternehmensberatung gesucht. Schrägstrich. Junior Consultant. Eine Woche nachdem ich meine Bewerbungsunterlagen weggeschickt hatte, erhielt ich die Einladung zum Vorstellungsgespräch.

Anthrazitfarbene Kästen im Besprechungszimmer. Graustichig auch das Weiß der Wände. Fischgrätenparkett. Über einem Sideboard moderne Kunst in Übergröße. Schwarzweißlilaflaschengrün, ein Meer an scharf umrandeten geometrischen Figuren. Öl, da und dort fingerdick aufgetragen. Der für Personalangelegenheiten zuständige Partner werde sich leider verspäten. Stecke im Stau. Herr Doktor Nees-Schagen (Nees, die Lippen der Empfangsdame breit, als posiere sie für ein Foto) bestünde aber darauf, persönlich das Gespräch mit mir zu führen.

Villeroy und Boch. Linie New Wave. Der Trichtertassengriff breit wie ein Band. Geschwungen. Wellenförmig auch die längliche Untertasse mit Vertiefung. Ausreichend Platz für Löffel und Gebäck. Cantuccini, vorzugsweise. Keine Bahlsen-Butterkekse oder dergleichen. Trockener. Härter. Am Zahnfleisch reibt ein Stück von der Haselnuss. Tunken. Vor dem Abbeißen kräftig eintunken. Die Kaffeemilch klumpt am Kännchenrand. Den Keks auf der Zunge zergehen lassen, Haselnussvanille, das Aroma durch die Ritzen, durch die Ritzen zwischen den Schneidezähnen ziehen…

Ich grüße Sie! Nach dem Auffliegen der Tür steuerte er mit ausgestrecktem Arm auf mich zu, die Bewerberin als Durchlaufposten, als Zwischenstation, entschuldigen Sie, dass Sie warten mussten, hohl, und durchgedrückt sein Kreuz, mit jedem Schritt gleich drei oder vier Fischgräten greifend, als hätt er sein Ziel noch lang nicht erreicht, als würd sein Weg hinter meinem Rücken (tatsächlich dort bloß die vorhanglose Fensterwand, ein beinah mannshoher Ficus im Eck, wie ein Zwang die Versuchung, mich umzuwenden) schnurgerade weiter gehn.

Schalterkippen. In dir. Plötzlich. Schon beim Herannahen der Person. Forsch die Absätze auf dem knarrenden Holzboden. Resolut. Ein solches Switchen dann bei seinem Eintreten in den Raum. Du, die du grad noch am Tisch gesessen bist in der weißen Bluse, im schwarzen Kostüm. Mit einem Mal, als habe sich etwas in dir auf den Boden geworfen, ausgestreckt, die Arme, Beine weit von sich gespreizt, nieder, vor der Autoritätsperson auf die Erde gelegt, willig, flach gemacht, einem Hund gleich starr die Gurgel zum Biss dargeboten, kalte Flecken unter den Achseln, am Steiß, hörst du, man kann es förmlich riechen, dein Sehnen. Widerstandsloses Gefälligsein.

Ich war aufgesprungen und hatte mir noch rasch die Keksbrösel am Rock abgestreift, bevor ich DNS die Hand gab.

Was haben wir da, einige Jahre Hotelpraxis, Bankett, Rezeption, Reservierung, Englischkenntnisse, Französisch, Spanisch auch ein bisschen, MS-Office, AHS-Matura. Aber Sie können doch einen Geschäftsbrief schreiben, oder? Na gut, lassen wir das.

Er las laut vor. Im Stehen. Meinen bisherigen Werdegang im Großen und Ganzen zusammenfassend. Legte, nein schupfte dann die wie eine Studie mit Plastikbinderücken, nicht mit Klemmschiene gebundenen Unterlagen gelegentlich auf den Tisch. Über die Projektlaufzeit wolle er lieber keine endgültigen Angaben machen. Was gesucht würde, sei jemand, der den Beratern den Rücken frei hielte. Eine Drehscheibe, jemand für die Organisation. Vorerst habe man an ein befristetes Dienstverhältnis von etwa sechs Monaten gedacht. Was sich allerdings noch im Lauf der Zeit ändern könnte. Im Wesentlichen von den weiteren Plänen des Auftraggebers, möglicherweise nach Fertigstellung dieser Studie noch ein Folgeprojekt anzuschließen, abhängig sei, sowie von meinem persönlichen Einsatz, Sie sind doch flexibel, der Bereitschaft, den doch recht hohen Unternehmensanforderungen gerecht zu werden und soziale Kompetenz, insbesondere in Zusammenarbeit mit der

Projektleitung, unter Beweis zu stellen. Ob ich mir unter diesen Bedingungen eine Zusammenarbeit vorstellen könnte. Er legte den Handrücken an die Wange. Man würde ja sehen, ob sich bei beiderseitiger Zufriedenheit der *Junior* vor dem *Consultant* nicht doch eines Tages entfernen ließe. Sage niemals nie.

Ich würde lügen, wenn ich jetzt behauptete, nicht erleichtert gewesen zu sein. Darüber, dass ich meinen bisherigen Werdegang nicht genauer begründen musste. Und dass mir das Aufsagen meines um die Frage "Wie würden ihre Freunde Sie beschreiben?" herumkonstruierten und auswendig gelernten Stärken-Schwächen-Katalogs, ehrlich, einsatzfreudig, kollegial, vielleicht etwas zu genau und ungeduldig, erspart geblieben ist.

So ein Ja-Nicken. Die ganze Zeit über, während DNS sprach, so ein Ja-überhaupt-kein-Problem. Selbstverständlich. Zu Diensten. Stets zu Diensten. Nicken. Anfangs noch stumm, wie angewurzelt da auf dem Fleck, innerlich bereits fiebernd, zitternd, bebend vor Freude. Alles was Sie wollen. Entgegengieren. Stotternd dann mit hochrotem Gesicht, als er am Ende seiner Rede war. Ein Küss-die-Hand-Euer-Gnaden, ein ganz spezielles, von ganz tief unten. Und innen heraus. Kennst du das, diese Art, dich darzubieten, offen wie ein Buch, ein jeder kann darin lesen. Die Wurst witternd, die man da vor dir hin- und herschwenkt. Diesen klitzekleinen Zipfel, dicht vor deiner Nase.

Gehalts*verhandlung*, heißt das. Nicht Gespräch. Eine Unterhaltung zwischen einem potenziellen Dienstgeber und einer Bewerberin habe nicht das Geringste mit einem Kaffeekränzchen zu tun. Und sobald man sich dem Thema Einkommen nähere, höre sich ohnehin schon jeder Spaß auf. Den Herren Managern müsste einmal aufgedröselt werden, mit welchen Fixkosten ein Single in der Großstadt heutzutage zu rechnen habe. Miete, Strom, Gas, die Müllabfuhr, der wöchentliche Großeinkauf im Diskontsupermarkt. Jenen, die so wie sie sich benähmen offenbar schon mit Nespresso-Maschine und Motorboot groß geworden waren, jedenfalls aber die Erinnerung an magerere Zeiten aus irgendwelchen Gründen, ein Hunderter sei wahrscheinlich mittlerweile der kleinste Schein in deren Geldbörsen, verdrängt hatten, gehörte in Tabellenform aufgelistet, was man als Einzelner verdienen müsse, um hierzulande zu überleben. Einigermaßen anständig. Und ohne jeden Cent beim Einkaufen dreimal umzudrehen. Ob ich hoffentlich eine solche Liste erstellt, sie dem Chef auch vorgelegt hätte. Als Beleg für meine Gehaltsvorstellungen. Damit nicht etwa der Eindruck entstünde, ich wolle das Geld bloß zum Verjubeln. Auch ein zusätzlicher Hinweis auf die Maturazeugnis-Kopie könne nicht schaden. Ob mit Auszeichnung oder ohne, bestanden sei immerhin bestanden.

Ich habe den Vertrag unterschrieben, ohne ihn mehrmals durchzulesen. Die handschriftlich eingesetzte Summe auf der strichlierten Linie ist mir zu diesem Zeitpunkt nicht einmal besonders klein vorgekommen. Geschweige denn lächerlich. Ein Anfangsgehalt, hab ich gedacht. Kein Abstieg. *Die* Gelegenheit. Ein Betrag, den man dir eben jetzt zumisst, wo dich noch niemand kennt. Wo sie noch nicht einmal richtig hingesehen haben und dementsprechend gar nicht wissen können, zu welchen Leistungen du fähig bist. Und welche Begabungen und Talente in dir schlummern. Ein Verdienst, der so betrachtet unerheblich ist. Nicht von großer Bedeutung. Denn er kennzeichnet ja nur die momentane Situation. Lediglich die Job-Einstiegsphase. Das gesetzlich vorgesehene Probemonat, plus ein, zwei Monate vielleicht noch zum weiteren Einarbeiten. Welcher Dienstgeber möchte schon gern die Katze im Sack kaufen. Und Sichbeweisen. Die Durststrecke ist kurz, hab ich gedacht. Das Ende absehbar. Wenn sie erst erkannt haben, was du wirklich wert bist, werden sie dir einen richtigen Job geben. Mit angemessenem Gehalt. Bis dahin wirst du durchtauchen. Wann wird einem schon die Möglichkeit geboten, einfach so die Branche zu wechseln. Von der Hotellerie in die Unternehmensberatung. Ein Sprungbrett, hab ich gedacht. Also zeig, was du kannst. Und zugegriffen.

Ohne Handschuhe. Mit dem Schwamm unter den Rand fahren. Mit der rauen Schwammfläche, der dunkelgrünen, tief unterm Rand reiben. Dort, wo all die feinen Spritzer sitzen und die WC-Ente nicht hin reicht. Ein großer Bär, den sie einem in der Werbung aufbinden. Wie soll das gehen, totale Sauberkeit ohne Handanlegen, das wär ja noch schöner. Ohne den Finger krumm zu machen. Danach weiter hinunter zum Rohr. Dorthin, wo's Wasser steht. Sämtliche Ablagerungen beseitigen. Wer braucht schon Gummihandschuhe, es sind doch nur wir. Dir wird doch nicht etwa vor uns grausen? Grenzenlos. Eins, das liebt, kennt kein Igittigitt. Vor dem Schneuz-dich-ordentlich-Rein, dem x-fach benutzten Stofftaschentuch. Der gründlich bespeichelten Papierserviette. Wart, bleib stehn, ich wisch dir den Schokomund ab. Dem An-die-Zunge-Tupfen, dem OmaMamaPapa-Zungen-Igitt, an manchen Tagen, ein Geruch, als habe sich etwas von innen nach außen gekehrt. Vor dem, was fremd auf deiner Lippe dampft. Windeln wechselten sich nun einmal nicht von alleine. Und wie's wohl nun um einen stehen würde, wenn die Andern damals ihren Ekelgefühlen freien Lauf gelassen hätten. Es ist also wirklich nichts dabei, den Großeltern etwas behilflich zu sein. Ihnen beim Natürlichsten auf der Welt ein wenig zur Hand zu gehn. Alles Gute. Eigentlich, hieß es, dürfte man seinen Lieben nur das zum Geburtstag schenken, was man sich selbst am meisten wünscht. Eigentlich müsst man ihn hergeben, den Lieblingsteddy. An seiner selbst statt, sozusagen. Zum Beweis, dass man den Nächsten wirklich, auch genau so wie sich selber mag.

Ein Stressinterview sei das ja nicht gerade gewesen. Oder ob man mir etwa ununterbrochen, in schneller Aufeinanderfolge Fragen gestellt hätte, zum Teil überraschende. Nicht eine? Ob man versucht hätte, mich mit Unterstellungen und persönlichen Angriffen unter Druck zu setzen. Wovor haben Sie Angst, Sie waren bisher nicht sehr überzeugend, haben Sie noch etwas zu bieten. Oder mit vorgespieltem Desinteresse aus der Reserve zu locken. Wie das heute üblich sei in Beratungsunternehmen. Insbesondere bei der Auswahl von Führungskräften. Wer eine leitende Position innehaben wolle, der dürfe sich seine Selbstsicherheit nicht so leicht untergraben lassen. Der müsse lernen, kurze, präzise Antworten zu geben. Positiv zu formulieren, statt sich in einen Strudel hineinzureden. Die Luft werde dünner, dort oben. Hieß es. Auf der Führungsetage. Es sei allerdings bemerkenswert, dass man mich ohne zu zögern eingestellt habe. Einfach so genommen. Ungeprüft, nicht wahr. Mehr oder weniger. Blind. Das, was man mir da schenke wär blind, sagten sie. Ein solches Vertrauen.

DNS. Handgenähte *Budapester*. Schwarze Kniestrümpfe. Keine nackte Haut beim Überschlagen der Beine. Nicht ein Schenkelhaar. Hintergründig, das Paisley-Muster der Seidenkrawatte. Aubergine. Äußerst dezent im Ton. Auflockerung auf blütenweißem Grund. Als Kontrast zum Don-Gil-Anzug. Zum täglichen. Einheitsdunkelblau. Schmeiß einen Stein rein, und er wird verschluckt. Nimm irgendeinen massiven Gegenstand, den nichts so leicht schneidet, und wirf ihn auf die spiegelglatte Fläche des Sees. Ein Blau, als gähnte unterhalb ein Schlund. Eins, das vor lauter Sattheit, als wär das Verschluckte ein Insekt gewesen, ein lästiges, kaum merklich nur vibriert. Nur winzig kleine Wellen schlägt.

Seine Verwunderung bei jeder noch so zufälligen Begegnung seither, ob auf dem Gang oder in der Büroküche. Beiläufiges Sie-sind-ja-auch-noch-da-Nicken. Können Sie das, schaffen Sie das. Ein Nein kannst du dir sparen. Deine Wünsche, Anregungen, Ideen gerne der Wand, deiner Glassturzinnenwand erzählen. Wenn sie dir Spaß machen sollte, eine solche Übung. Eine solche Erstickungsübung. Sprachloses Auf-sich-selbst-zurückgeworfen-Sein. Die Resonanz bestenfalls: spöttisch genervtes Lippenkräuseln, für den Bruchteil einer Sekunde vielleicht. So lang, wie's eben braucht zum Mückenverjagen. Im absolut schalldichten Raum.

Ich habe vom ersten Tag an versucht, über mich hinauszuwachsen.

Paul schüttelte den Kopf, als er den Text sah, den ich zu Punkt I.3. der Studie, Standortbeschreibung, verfasst hatte. Nein, so ginge das nicht. Er bräuchte gar nicht erst weiter lesen. Aom. Spitze an Spitze. Daumen und Zeigefinger bildeten einen Kreis beim Dirigieren. Sinn und Zweck einer Feasibility-Studie sei es, auszuloten, ob es sich für den Eigentümer überhaupt rentiere, an einem bestimmten Standort ein Hotel zu errichten und zu betreiben. Hierfür seien sowohl die Wirtschaftskennzahlen des Landes wie auch jene der Region interessant. Wie sieht die Entwicklung vor Ort aus. Welche Großbetriebe haben sich dort angesiedelt. Gibt es Mitbewerber mit ähnlicher Zielgruppenausrichtung, Business Travellers in unserem Fall, die bei der Kalkulation zu berücksichtigen sind, et cetera, et cetera. Stell dir vor, die Studie bekommt ein Banker in die Hand, der über die Vergabe von Krediten zu entscheiden hat, sagte Paul. Was der wohl anfangen würde, mit einer Standortbeschreibung wie der meinen. Welche wirtschaftlich relevanten Eckdaten und Informationen sich wohl aus diesem Material hier ziehen ließen, meiner Meinung nach. *Katowice lag im Nebel.*, beispielsweise. Aus einem solchen Satz.

Sonntag, 16. Oktober (am späten Vormittag)

Ich seh ich seh was du nicht...

Mütter.

Die Farbe des Gatters stonewashed. Von weitem der Eindruck einer zart marmorierten Oberfläche. Eine Art Metall, absichtlich unbehandelt. Kinder hängen an den Stäben. Zum Aufdrücken der Schwingtür braucht's Erwachsenengewicht. Vielleicht sind es vier, vielleicht auch fünf Frauen. Die meisten gesprächspartnerlos. In Kutscherhaltung. Konzentriert aufs Davor, nicht aufs Daneben. Kekse, Saftflaschen, bunt Geblümtes, Gepunktetes, ausgebreitet auf den Sitzflächen. Nur jede zweite der um die Sandkistenlandschaft herum drapierten Bänke ist besetzt. Aber wenn man am Spielplatzeingang steht, schaut man nicht groß in die Runde. Neugierig in jedes einzelne Frauengesicht. Sondern nimmt - Stecknadeln, eine ganze Hand voll, die einem verloren gegangen, im verblichenen Rasen nicht und nicht zu finden sind - das Szenario mehr im Ganzen wahr. Nackt. So als einzige *ohne*.

Es beginnt mit dem Zusammenräumen. Mit hektischem Um-sich-Greifen, dem Tasten nach Verstreutem, links und rechts auf der Bank. Mit ihrer Wappnung gegen die Kinderlose, die sich ungebeten dazusetzt (Was-will-die-hier-Gedankenpfeile, porenfein auf der Haut), als stille Beobachterin sitzen bleibt, weder lesend noch Musik hörend, bloß still sitzend und beobachtend (unerfüllter Kinderwunsch wahrscheinlich), im bis dahin so herrlich leeren Parkbankzwischenraum.

Backebacke. Lokomotivenkuchenbacken. Rechen, Kübel, Schaufeln, Formen. Das Seepferdchen ist blau. Heller Sand rinnt. Heller Sand hält nicht, Sarah. Der Bub möchte gerne mitspielen. Frag ihn, den Buben, ob er gerne mitspielen möchte. Er möchte so gern. Da steht ein Bub mit einer Schaufel in der Hand. Ihr könnt gemeinsam Sand spielen. Geh nur hin, dann kannst du ihn fragen. Hallo, sag, ich heiße Sarah. Und wie heißt du. Hallo, dreh dich doch mal um, Sarah. Da, hinter dir steht ein Bub. Wer bist denn du? Ja, schau doch wenigstens einmal her, Sarah. Lass doch das Seepferdchen. Hier möchte jemand mit dir spielen. Der Sand hält doch nicht. Der ist zu hell. Schau, ihr könnt gemeinsam Sand spielen, du und der Bub. Warum schaust du denn nicht her. Sarah, wenn du weiter wegschaust, wird der Bub weggehen. Dann musst du alleine Sand spielen. Ja, kannst du denn nicht, hallo, sagen. Hallo, ich bin die Sarah. Sarah, sag doch wenigstens, hallo. Nicht mal, hallo, sagt sie. Sonst sagt sie doch immer, hallo, das kann sie doch schon sagen, so oft hast du's schon gesagt, Sarah. Bitte, das gibt's doch nicht. Was ist los mit dir, mach doch den Mund auf. Kannst du denn nichts mehr sagen plötzlich. Sarah, du-hu, hallo, hier bin ich, ich rede mit dir, jetzt dreh dich doch endlich um, was hast du denn plötzlich, Sarah, warum bist du nur so - warum?

Der weiße Pullover der Frau mir gegenüber wie ein Nummer zu klein. Mit tiefem Ausschnitt. Das Pralle betonend. Als sie sich vorbeugte wieder und wieder, dann später, nach vergeblichem Zupfen und Ziehen am Sarah-Kleidchen aufgab und die Arme um die Knie schlang, die Füße auf den Holzrand der Sandkiste stellte und die Finger verschränkte. Ein Speckröllchen um ihre Mitte. So eines zum Hineinkneifen und Festhalten, was bei dieser Art Röllchen bestimmt nicht nur im Sitzen, sondern auch beim Gradstehn gelingt. Ärmel beinah bis über die Handrücken. Das feine Haar ist mit einem Gummiring zum Zopf gebunden. Der Bärtige daneben deutet eine Umarmung an. Mit dem Zeigefinger hält er den Haarpinsel in ständiger Bewegung. Sein Interesse gilt ihrem unteren Rücken, einem Stringtanga - beim Zusammenkrümmen und Knie-zur-Brust-Ziehen rutscht einem ja regelmäßig die Hüfthose abwärts, der Pulli bis zu den Rippen -, dem Tattoo auf der Hüfte, möglicherweise.

Das Sonst der Frau. Das Sonst-macht-sie-das-nie-Sagen. Dabei seitwärts schauend. Vom Kind zum Mann hin den Kopf drehend. Kind-Mann-Kind. Nein, nie, den Kopf schüttelnd. Mit weinerlichem Mienenspiel, der Hand vor dem Mund. Einer Art Lächeln, die dich augenblicklich veranlasst, ein *feh* aus der Tasche zu kramen. Als habe sie etwas Außergewöhnliches präsentieren wollen, ein Kunststück zeigen wollen, ihr Klammern am eigenen Leib, und als ob es, das Vorgeführte, absolut misslungen wär.

Wäre es kälter gewesen, sie würde sich in diesem Augenblick die Handschuhe ausgezogen haben. Oder die Mütze vom Kopf, den Schal vom Hals genommen haben. Ersatzweise. Wie sollte man sich auch sonst befreien in so einem Moment. Wenn man sich für einen unzulänglichen Teil seiner selbst in Grund und Boden schämt. Wenn man sich's am liebsten abschneiden würd, das aus dem eigenen Körper gewachsene, den verlängerten Arm, den Finger, die Hand, das irgendwie fremde, defizitäre Stück.

Nein, so geht das aber nicht, tönt es von links, wo die junge Buche steht. Daisy Duck um die vierzig springt von der Bank. Business Look für den Spielplatz. Giftgrün die Latzhose eines etwa Zweijährigen, der auf einem Motorrad im Kreis um die Buche herumfährt. Er taucht kräftig an. Seine Mütze verdeckt ihm die Sicht. Eierschalenweiß, die Jeans seiner Mutter. Passend zum Revers des Leinenjäckchens. Marionettenhaft das Auf- und Zuklappen ihres Unterkiefers, als sie sich in den Weg stellt und das Kind vom Roller zieht. Er kann sich doch nicht einfach nehmen, was er will, den anderen das Spielzeug wegnehmen. Den Bürzel steil in die Höh gereckt schiebt sie das vermeintlich entwendete Gefährt einer erstaunt abwinkenden Babysitterin zu. Asiatisch deren Gesichtszüge. Keine Spur von Ähnlichkeit mit dem zu ihren Füßen spielenden Jungen. Ihr gehöre das Motorrad ebenso wenig. Vor dem Einschauen auf dem Stand mit den Händen an den Schläfen noch rasch das erschrockene Armehoch des Rollerkindes. Einmal, zweimal langt es hinauf zu den Kniescheiben, ungesehen. Unerhört. Vom Spielplatzpingpong, dem höflich-verbindlichen Einstiegsgeplänkel, und wie alt ist Ihrer, an den Rand geschoben.

Der Mops sitzt mitten auf dem Weg neben einem Herrn mit Hut, und glotzt blöde. Lauf, lauf, deutet der fortschwingende Arm. Die langen Ohren des Plastikhasen stecken im

Maul eines Cocker Spaniels. Obwohl etliche Male schon tot-tot-totgeschüttelt und durch die Luft geworfen, will die Beute nicht sterben, ist ihr Quietschen jämmerlich. Dem erschöpften Jäger rinnt das Wasser von den Lefzen. Er muss innehalten und ausschnaufen. Auch diese Gelegenheit verpasst der Mops. Jetzt hol's dir doch, dein Hasi! Mit gelangweiltem Lauf-doch-selber-Blick. Gesetzeswidrig stapft das Spanielfrauchen über die Wiese. Vincent! Wie oft hab ich dir. Wer mein und dein nicht auseinander halten kann, muss fühlen. Hierher! Da nützt auch kein Platzmachen und Mit-dem-Hinterteil-Wedeln. Das Spanielfrauchen trägt den angesabberten, nicht länger nach Freund riechenden Hasen zurück, legt ihn vor den Mops auf den Boden. Herrchen zieht dankend den Hut. Dresche hat als Erziehungsmittel ausgedient. Der Spaniel geht auch ohne Leine bei Fuß. Wie ein Jojo aufwärts tänzelnd. Hoch zur ausgebeulten Jackentasche, hoch zur drinsteckenden Hand.

Inmitten der Sandkiste ein Zwillingspärchen mit weißlichem Flaum auf den Köpfen. Ihr Spiel: sie bewerfen einander mit Sand, um sich danach gegenseitig gründlich, auch am Kragen, abzuklopfen. Die Stimme der Kinderwagen schaukelnden Aufpasserin ausgezehrt. Das Dritte wird dem Krähen nach wohl erst ein paar Monate alt gewesen sein. Vertrocknet, lappig Wangen und Brüste. Aufpassen, Sebi, Maxi. Gewohnt, auf der Lauer zu liegen reibt sich die Frau ihre rotfleckigen Hände und Unterarme. Ihr dürft dem Mädchen ruhig sagen, dass sie unsere Spielsachen in Ruhe lassen soll, dass der Ball, dass das alles uns gehört. Als vermisste sie etwas zum Anhalten zwischen ihren Fingern. Die intensiven, beruhigenden Züge.

Sarah, komm zurück!

Ich habe mich geärgert, dort auf dem Spielplatz. Über mein Schwarzsehen, mein ewiges. Über meine schon seit der Schulzeit andauernde negative Grundeinstellung, die mir meine Cousine einmal bescheinigt hat. Die aber nicht sein müsste. Weil es eine Frage des Wollens sei, wie man das Glas betrachte.

Halb voll oder halb leer. Niemand zwinge einen dazu, die Welt immer nur schlecht zu sehen. Ausschließlich das Scheußliche, ganz gleich, ob gehörtes oder gelesenes oder gesehenes, in Erinnerung zu behalten. Die über die Medien transportierten Schreckensbilder, ZIB I, ZIB II, du brauchst nur das Fernsehen aufzudrehen, schon fast mutwillig zu konservieren, um sie in der Phantasie weiterzuspinnen und bis ins kleinste Detail auszumalen. Um danach hinter jedem noch so harmlosen Verhalten eine böse Absicht zu vermuten. Eine zerstörerische Kraft bei allem, was sich rund um einen abspielt, herauszuspüren. Sie hielt den Radsattel ihrer Tochter fest. Es sei das erste Mal ohne Stützräder. Trippelte rückwärtsgewandt in Fahrtrichtung mit.

Aber was ist es, was mir all meine Beobachtungen von heute sepia färbt, die Shots auf Leinen spannt, zu einer schier endlosen Fotogemäldegalerie.

Wozu, frag ich dich, soll man extra einen Gast einladen, von weit her anreisen lassen ohne die Bereitschaft, ihm einen eigenen Raum zuzugestehen, hätt ich gern zu meiner Cousine gesagt. Und auch, da vorn sind Straßenbahnschienen. Sie sah mich unablässig an, anscheinend überzeugt, auf dem Hinterkopf Augen zu haben. Fein machst du das, du fährst ja schon fast ganz alleine...

Wozu sehnlichst ein Du herbeiwünschen, um's doch bloß jeden Tag mehr dem Ich gleich zu machen. Es unablässig weiter, wenn nötig an den Haaren in den Ich-Bereich (den einzig sicheren?) herein zu ziehen. Um es, das Andere, sicherheitshalber mit eigenem Denken, Wollen und Wünschen nach Leibeskräften zu infiltrieren. Alles „Falsche" an ihm endgültig auszumerzen, natürlich nur zu seinem Besten. Mit einer Selbstverständlichkeit, als habe dieses Etwas ohnehin nur eine Lücke auszufüllen, als sei das Kind als Du gar nicht existent, hätt ich gern gesagt. Und dass sein Du vom Es verschluckt worden ist.

Da braucht man aber nicht so weinen. Die Cousine hob das umgekippte Rad auf. Das Knie kann doch gar nicht so weh tun, ist doch bloß ein Kratzer.

Sonntag, 16. Oktober (16.30 Uhr)

Satt.

Weil weil. Nicht immer hat es etwas mit mir zu tun. Nicht immer muss das, was ich einmal gesagt habe oder getan, auch der Beweggrund für das Verhalten eines Andern mir gegenüber sein. Ganz automatisch. Die Ursache dafür, dass Wilma nicht anruft beispielsweise. Dafür, dass jemand zum Zeitpunkt x nicht genau das tut, was mir in meiner Vorstellung gerade so vorschwebt. Dafür, dass dieser Jemand dem einfach nicht nachkommt, was ich mir jetzt und nicht irgendwann von ihm wünsche. Von ihr. Nein, eigentlich erwarte.

Sonntag ist Kinotag. Meistens gehen sie in die Nachmittagsvorstellung, seltener zum Filmfrühstück. Die Leidenschaft für gute Filme hat Wilma und ihre beiden *Natives* zusammengebracht. Und nicht das jahrelange Zusammenwohnen, weit über den Studienabschluss hinaus, geschweige denn die allen dreien gemeinsame Studienrichtung. Wirtschaftssprachen: Englisch, Französisch. Bei direktem Augenkontakt hängen die Lider der Engländerin tief, fast in die Pupillen hinein, und man legt in einer Unterhaltung unwillkürlich den Kopf schief, um nachzusehen, ob sie einen da hinter ihrem Vorhang auch richtig verstanden hat. Auch die Filme im O-Ton. Mit Untertitel. Nur zur Not.

Augustwoche zwei. Küchensprache Deutsch. Das Nützliche mit dem Angenehmen verbinden. Für den Abend war ein heftiger Wettersturz angesagt und sie hatten weder Lust auf Freiluftkino unterm Regenschirm noch auf Mainstreamiges in klimatisierten Sälen mit einer Horde von Teenies im Genick, und mich also zum DVD-Schauen eingeladen. *Barfuss - wie weit gehst du, wenn du verliebt bist?* (Nick Keller, Reinigungskraft in einer psychiatrischen Anstalt, bewahrt in letzter Sekunde eine junge Patientin davor, sich das Leben zu nehmen. Leila, die 19 Jahre lang von ihrer Mutter daheim eingesperrt wurde, findet sich in der Außenwelt nicht mehr zurecht. Sie folgt ihrem Retter auf Schritt und Tritt.) Doppel-S nach einem langen Vokal, das irritiere. Noch dazu im Filmtitel. Kein Versehen. Eine Schlamperei der Sonderklasse. Muriel. Francaise. De la Côte. Ihre Beine sind kurz und fest und steckten in einer dieser fein gewebten, von der Hüfte abwärts kerzengrad und weit geschnittenen Leinenhosen, die mit Stoffgürtel zum Ziehen sind und mit Masche vorne abschließen. Etwas Crème fraiche. Ein Schuss Zitronensaft. Die Abrundung der Thunfischsauce. Es sind die Vertrautheiten eines eingespielten Teams, die einen abseits stehen lassen. Zwischendurch belanglos eingestreute französische Brocken, n'est ce pas. Das Hüfte-an-Hüfte der drei Köchinnen am Herd. Deren geübte Handgriffe. Als die Engländerin Muriel eine halbe Zitrone reicht und wenig später, den Fuß schon auf dem Mülleimerpedal, die ausgepresste Schale in Empfang nimmt, gleicht ihr Timing dem einer Radiomoderatorin, die das Ende des Drei-Minuten-Songs schon im Gefühl hat und gerade dabei ist, zum Sprechen anzusetzen. Rosmarin, Basilikum. Thymian. Frische Kräuter in angeschlagenen, eingriffigen Emailtöpfen, die es in allen Pastellfarben auf jedem Flohmarkt zu kaufen gibt, und deren Böden vom Überkochen der Milch oder Suppe und dem anschließenden Satzwegkratzen mit Stahlwolle schon braun sind. Vom Flohmarkt wahrscheinlich auch der Tisch aus den Siebzigern. Wie in Zuckerguss getaucht die makellose, hellblaue Resopalfläche. Eine hölzerne Bank an der Wand, aufklappbar. Lackbruchstellen. Splitterndes Holz. Bloß kein Hin- und Herrutschen. Bei der geringsten Bewegung Schiefer, die sich genau dort, wo die Haut am weichsten ist, eingraben.

Ich hätte mich dazustellen können. Als vierte an Wilmas Seite stellen, schlaff die Nudel über ihrem weit aufgesperrten Mund, oder dicht anschließen an die Engländerin, zwar mit spärlicher Aussicht auf den Inhalt der Töpfe, dafür aber umso mehr aufs Küchenregal. Ich hätte mit einstimmen können ins Schunkeln, das von der Engländerin und Wilma ausging, mal die eine mal die andere stieß Muriel kräftig mit dem Hinterteil an, und das von der Sitzbank aus betrachtet ähnlich beruhigend wirkte wie ein Newton-Pendel. Eine Anordnung von hintereinander beidseitig aufgehängten Kugeln: Das Anheben und Aufprallen der letzten auf der linken Seite führt dazu, dass ausschließlich die äußerste rechte abgestoßen wird. Gleiche Masse und Pendellänge vorausgesetzt, ruhen die mittleren Kugeln, geben lediglich den Impuls der aufprallenden weiter. Im Unterschied zu diesem Prinzip war Muriel natürlich in Bewegung. Nicht unbedingt als kleinste, doch in Bezug auf die Masse weit unterlegen schwankte sie vor ihrem Kochtopf. Ständig und stark.

Zwölf Mal. Insgesamt, hab ich meine Wangen an jene der Anderen gelegt. Comme en France. Viermal pro Person. Eine Umarmung angedeutet. Hab ich meine linke Hand als freundliche Geste auf den Oberarm oder an den Ellenbogen der jeweils zu Begrüßenden gelegt. Oder doch nur zum Schutz. In die Luft geküsst. Mich vier mal drei Luftküsse lang von ihren Händen an Hals und Hinterkopf greifen, zu ihren Gesichtern hinziehen lassen, der Herzlichkeit wegen, als ob dieses Ritual Nähe zuließe, und mich, so fixiert - sie packen dich, als wärst du die verlorene Schwester, die nach Jahren des Verschollenseins endlich heimgekehrt ist - wieder und wieder, so richtig herzlich an ihre Wangen drücken lassen. Bis sie klebten. Überbetont. Graziös die Leichtigkeit, mit der man mir um den Hals fiel. Zu fallen hatte. Wie es im Süden eben üblich sei. Überall dort, wo die Menschen noch offen und unvoreingenommen aufeinander zugingen, so Wilma. Im Gegensatz zu den Leuten hier, deren Distanziertheit ja schon beinah phobischen Charakter habe. Manisch. Die Begrüßung der drei. Gewollt. Ein Theaterstück. Elfengleiches Auf-mich-Zu. Und wieder weg. Tanzen. Im nächsten Augenblick. Weniger gedacht, den Gast willkommen zu heißen als Selbstpräsentation. Nach dem großen Hallo in der Küche abrupte Wortkargheit. Konzentriertes Hinwenden zu den Töpfen, als würde da weit mehr gebraut als Spaghetti mit Thunfischsauce.

Sammeln Sie Knöpfe? Man kann auch viele verschiedene Knöpfe nehmen, hatte die Therapeutin bei der zweiten oder dritten Sitzung gesagt, jedenfalls bevor sie begann, mir von ihrer Mutter zu erzählen, und eine graue Schachtel aus der Lade gezogen. Wenn ich mich schon kategorisch weigern würde, an einer Familienaufstellung teilzunehmen, ein derartiges Unterfangen dürfe ohne professionelle Leitung gar nicht stattfinden, und sie wäre *ja eh da* und meine Befürchtung, die Projektionswut der Teilnehmer und Teilnehmerinnen könnte mich überfrachten, somit völlig unbegründet, sollte ich stattdessen versuchen, Knöpfe zueinander in Beziehung zu setzen. Hier, bedienen Sie sich. Zeichnen Sie einen großen Kreis auf dieses Blatt Papier. Und nehmen Sie einen nach Farbe und Form repräsentativen Knopf für sich selbst und für jeden einzelnen ihrer Freunde, Verwandten, Bekannten und Kollegen. Und nun wählen Sie einen Platz für all diese Knöpfe, einen Platz für sich selbst. Innerhalb der Knopfgemeinschaft oder am Rand, wo Sie sich gerade sehen. Wo stehn Sie grad, im Augenblick. Nein, der Therapeutenfinger tippte hart aufs Holz. Den Knopf nicht aufs Tischtuch legen! Wenn schon nicht auf den Kreis, so wenigstens aufs Papier.

Probier mal. Wilma drehte sich um, hielt mir einen Teelöffel mit Sauce zum Kosten hin. Und es müssen nicht einmal, wie später dann beim Filmanalysieren, ausnahmslos aller Augen auf mich gerichtet sein, dass es mir den Boden unter den Füßen wegzieht. So als stünde ich vor einer riesigen Menschenmenge und müsste etwas vortragen oder etwas - und sei es auch noch so unbedeutend - präsentieren. Dass die Sitzbank anfängt, unter mir wie ein Wasserbett zu schwanken. Und ich, eine gegen alle, die Front, schaut nicht alle her, schaut mir bloß nicht beim Löffelablecken zu, die Arme verschränk vor der Brust. Und gäbe man mir ein Stück Butter zum Hineinbeißen, ein ranziges, ich würde immer noch, köstlich, sagen. Wahnsinn. Während das Ticken der Küchenuhr für ein paar Sekunden, Minuten, Stunden aussetzt, die superschwere Crème fraiche auf der Zunge klebt, sich Fischfettcreme in die Schleimhäute frisst. Tagelang noch der Nachgeschmack, nicht zum Wegputzen, selbst wenn man noch so viel Zahnpasta verwendet. Supergut gelungen, echt, würd ich sagen. In diese Angehaltenheit, in diese erwartungsvolle Stille hinein. Einmal loben genügt nicht. Zur Sicherheit lob ich noch und noch einmal. Meistens komme ich mir dabei vor wie jemand, der einem herrenlosen Hund, wie man sie ja oft in Spanien oder Kroatien auf Feldwegen trifft, ein Stück Wurst oder einen Knochen hinhält, nein, lieber eine Waggonladung von Würsten und Knochen, damit das Geknurre, das unterschwellige, Gezitter der Lefzen wie kurz vor dem Hochziehn und Zähnefletschen bloß aufhören möge. Das lauernde Vieh, wenn es erst hat, was es will, endlich abzieht. Derart besänftigt aufs Angreifen vergisst.

Öd, sagte die Engländerin. Als der Film zu Ende war, den sie mit einem Knopfdruck an die Wohnzimmerwand gebeamt hatten und der die vielen Risse in der Mauer zu kitten schien. Und so, als läse sie einen Text aus einem Lexikon vor, dass sich die als große Liebesgeschichte angelegte Begegnung zweier weltverlorener Menschen regelrecht verlöre in einer Aneinanderreihung von Gags und blassen Episoden, total öden, in denen Gefühle doch nur behauptet würden. Wie wir alle mit angezogenen Beinen auf der schon etwas an gegrauten und weich gesessenen Wohnlandschaft hockend, hatte sie sich den Spaghettiteller auf den Oberschenkel gestellt, und betrachtete gedankenverloren die letzten Nudeln. Den nach originalitalienischer Fasson selbstverständlich, ohne Zuhilfenahme eines Löffels mit einpaar Gabelumdrehungen kompakt gewickelten Bissen.

Man kann auch den Kopf zurücklegen. Und die Augen schließen. Oder ein wenig blinzeln. Solange bis sich das Wasser seinen Weg rückwärts gebahnt hat, zurück in die Höhlen geflossen ist und den Rachen hinunter, statt durch den vom dauernden Tränenschlucken schon fast vollständig zu geschwollenen Nasenkanal. Wie bei rührenden Szenen auch üblich. (Hast du mal ein Taschentuch, eine Serviette, egal.)

Kannst du denn das, bedingungslos vertrauen, hab ich die Engländerin gefragt. Dich hundertprozentig auf jemanden einlassen. Hast du schon einmal diese Gewissheit gehabt, dass mit einem ganz bestimmten Menschen zusammen alles gut wird. Alles gut ist. Dass dieser Mensch gut ist. Kannst du denn das, hab ich gefragt, so sehr an jemanden glauben, dass dir die Worte fehlen. Und du dein Empfinden am Außen, an vermeintlich banalen Dingen festmachen musst. Wie Leila, als sie zu Nick Keller sagte: Doch, ich kenne dich. Wir sind zusammen Zug gefahren, und in einem Taxi. Und wir haben getanzt. Und zusammen in einem Bett geschlafen. Aus Verzweiflung vielleicht über deine eigene Unfähigkeit zum sprachlichen Ausdruck. Oder weil's tatsächlich nichts Wahrhaftigeres gibt. Weil sowohl die Engländerin als auch Muriel offenbar zum Schluss kommen wollten, indem sie ihre Teller fast zeitgleich auf den Couchtisch stellten und wie abgesprochen mit hängendem Unterkiefer innehielten beim Kauen, das vorhin schon so derartig langsam war, zeitlupenhaft bewusst, wie's normalerweise nur Restaurantkritikern gemäß ist, die sich Haubenreifes auf der Zunge zergehen lassen, hab ich mich kurz gefasst. Hab ich, kurz noch, weil ja schon der Nachspann lief, gesagt, dass es doch bitte keine Verbrechen sein kann, hochsensibel zu sein. Dass einen die Gabe, über ein größeres Wahrnehmungsspektrum zu verfügen als Andere, noch lang nicht zum Stammgast in einer psychiatrischen Anstalt machte. Das Vermögen, zwischen den Zeilen zu lesen und Zwischentöne zu hören, ja wenn sie so wollten, hinter den Vorhang all dessen schauen zu können, was einem da tagtäglich als gelungene Vorstellung verkauft würde. Ein Umstand, der naturgemäß all jenen zuwider laufen muss, die als Meister der Künste des Verdrängens, der Verkehrung ins Gegenteil, Unliebsamem lieber mit der altbewährten Methode des Wegsperrens, die einleitende Diktion hierzu meist: du bist ja krank, du spinnst ja, begegnen wollten. Scheuklappen auf und durch, hab ich gesagt. Abschließend noch, beim Geschirrraustragen. Wilma schaltete den Beamer ab. Du klingst so nasal, sagte sie. Hast du etwa geheult?

Begeistert, das kann jeder sagen. Typische Äußerung einer anspruchslosen Videoliebhaberin. So gut gefallen. Ein Kommentar der eher simplen Art. Das, was die wahrhaft Filminteressierten von oberflächlichen, bereits während des Werbeblocks mit Popcorn-Sportgummi-Cola-Orgien beginnenden, nach dem Ende sofort von den Sesseln aufspringenden und aus dem Saal rennenden Kinocentergängern abhebt, ist ihre Vorliebe für den Diskurs. Für Filmkultur. Und Theorie. Für die künstlerischen Aspekte der Filmgestaltung. Die Frage nach dem Regisseur, der Regisseurin ist es, die den wahrhaft Filminteressierten als erstes auf der Zunge liegt. Von wem. Und nicht mit wem. Heißt's aus Prinzip. Und besonders, wenn man den jämmerlichen Versuch eines Filmemachers, mit einer großartigen Besetzung von der schwachen Inszenierung abzulenken, aber ganz sicher nicht gelten lassen will.

Es ist kurz vor 17 Uhr und Wilma und ihre Natives werden vielleicht in der Nähe des kleinen Buffets auf Einlass warten. Oder am Treppengeländer jenes Innenstadtkinos lehnen, wo man noch Sehenswertes spielt. Oder vis-a-vis der Toilettentüren auf der ockerfarbenen, mit Lederimitat überzogenen gepolsterten Rolle im Vorraum knien, bei der ich mir immer noch nicht im Klaren bin, ob sie, lediglich zwanzig Zentimeter über dem Boden schwebend, auch wirklich als Sitzgelegenheit gedacht ist. Jedenfalls werden sich alle drei extra umgezogen haben. Anlassgemäß gekleidet. Leger. Und ungewollt. So als gehörte Drehbuchschreiben und Regieführen zu ihrem Täglichbrot. Kunstmachen ganz generell. Das ihnen aber nun, da sie sich scheinbar der Einzigartigkeit ihres Schaffens bewusst geworden sind, schon ziemlich zum Hals heraushängt. Und als wär das bisschen Filmkritik, das sie hier als Kennerinnen der Szene aus dem Ärmel schütteln, nichts als Routine. Na, schauen wir mal. Und eine zudem äußerst fade.

Schmucklos, die Gestalten vor der Kasse. Ungeschminkt. *Nature.* Schwarzgewandet in den meisten Fällen. Mal hier mal da ein Tupfer Kaki oder Grau. Melancholie oder Langeweile. Oscarreif in so manches Gesicht gemeißelt. Hände, die in Permanenz durch etwas fettige, echten Künstlern gemäße Stufenschnittfrisuren streifen. Das Weiß der Jeansfransen, das verzweifelt aus zerrissenen Expertenhosen, Expertenjacken bricht. Taschen, mehr Riesenbags an endlos langen Riemen, in denen problemlos A4-Blöcke, Mappen, Manuskripte aller Art transportiert werden können. Und die man besser, auch aus Vorsicht vor dem Klau geistigen Eigentums, quer über der Schulter trägt. Ob aus Stoff oder Plastik, die Fasson ist die gleiche. Gemusterte Klappdeckel. Auch sehnsüchtig bedruckte, mit Fotografien. Skylines. Einmal sogar die von New York City beim genaueren Hinsehen. Noch mit den Wolkenkratzern des World Trade Centers drauf. Auch mit 28 Metern Höhe wirkte ein Mobilfunkmast daneben wie eine verhungerte Fichte im Wald. Nach wie vor ist ungeklärt, ob die Strahlen von Handys oder Antennen eine gesundheitsschädigende Wirkung haben. Erst kürzlich wurde die Debatte um neue Grenzwerte durch eine topaktuelle Studie angeheizt. Laborratten, die einer regelmäßigen Handystrahlung ausgesetzt waren, wiesen ein schlechteres Immunsystem und mehr Tumore auf. Vorsorglich hab ich jetzt das Handy abgedreht, da der Film, bestimmt einer, der in irgendeinem bedeutenden Blatt mit dem Prädikat *wertvoll* versehen wurde, nun schon begonnen haben wird. Wozu sich unnötig gefährden. Laut WHO kann erst 2015 mit Sicherheit gesagt werden, ob das Krebsrisiko durch den Mobilfunk gestiegen ist. Wozu Schäden riskieren. Sinnlos. Warten. Wenn die Dinge klar auf der Hand liegen. Cineastin sei ich keine, hat Wilma gesagt. Fingerschnippend. Dazu fehle mir, was nur. Die nötige Distanz.

Enttäuschung wischt dich weg wie ein voll gesoffener Schwamm die Kreide von der Tafel. Fährt übers Verkehrte drüber. Drückt dich ins Rabenschwarz. Ins Nirgendwo hinein. Ein Stechen jedes Mal im Schulter-Brustbereich bei der Erkenntnis, dem Bild nicht entsprochen zu haben, das man sich von dir gemacht hat. Abgrundtief das Loch, in das du fällst. Wenn der Mensch, der dich auffangen soll, sei nicht feig, komm, trau dich, einen Schritt zurücksetzt.

Ich ess dann. Normalerweise. An solchen Tagen. An solchen Sonntagen. Wenn ich in der Luft hänge. Wie gerade jetzt. Aber nicht frei schwebe wie in einer Gondel, dem Ziel näher und näher rückend, sondern gefangen bin im zwanghaften Drängen, mit einem Satz vom Fuß des Berges auf den Gipfel zu springen. In diesem Gedankennetz verstrickt, warum bist du nicht längst warum hast du nicht schon, in die Sorge vor dem Absturz, vor der absoluten Wertlosigkeit verwickelt bin.

Stundenlang zieht sich eine Orgie hin. Kein Völlegefühl anfangs. Sicherheit. Rückhalt. Als würde man gestützt auf eine Weise. Von innen her. Bis zum Hauptabendprogramm. *Tatort*. Der Heurige zwei Gassen weiter sperrt schon nachmittags um vier auf. Aufläufe aller Art in den Schüsseln auf der Vitrine. Rechts, neben den Stelzen, neben dem Kümmelbraten. Dem Braten vom Jungschweinernen. Kartoffelauflauf und Gemüseauflauf. Lasagne. Schinkenfleckerl. Ein Körberl voll Gebäck. Laugenweckerl. Wachauer. Dazu diverse Aufstriche zum

Nachessen. Dippen. Als könnt ich der mich zum übermenschlichen Berggipfelsprung hin zwingenden Unruhe ein für allemal den Garaus machen. Ihr, so beschwert mit Liptauerbroten und Frühlingsaufstrichbroten und Eiaufstrichbroten den Rest geben. Leider nein, nicht genügend. Setzen. Nicht satt. Satter noch. Besinnungslos. Spätestens, wenn *Columbo* beginnt. Vanilleeis aus der Familienpackung. Nennen wir's Sorbet. Mit dem Suppenlöffel löffeln. Ohne Vorwärmen im Mund. Die Speiseröhre taub. Eigentlich nach dem dritten Mal Schlucken schon. High. Beim Auskratzen der gelben Soße dann. Verschwommen nur mehr, der Trenchcoat des Inspektors. Gelblich auch irgendwann, sein Mondgesicht.

Eigentlich könnte ich dankbar sein. Dankbar dafür, dass mich der Fötus in meinem Bauch davor bewahrt hat, diese, wie die Therapeutin es formulierte, äußerst unschöne Ersatzhandlung wieder aufzunehmen. Ob dieser Berg an Unverdautem etwa die ganze Nacht über in meinem Magen liegen, vor sich hin gären würde. Dass es mir also erspart bleiben wird, in meinen Kleidern zu schlafen. Oder aber auf der Couch, wenn ich nicht mehr die Kraft habe, mich ins Bett zu schleppen, und morgen, Montag, ich weiß noch nicht, ob ich ins Büro gehen werde, mit einem dreifachen Kater aufzuwachen. Und weitaus Härterem im Blut als Alkohol.

Dieses Spannen im Unterleib, eine Antwort? Angefüllt bis zum Hals. Mit der Frucht deines Leibes, der Sinn stiftenden Frucht deines Leibes. Sich ganz als Frau fühlen, hieß es. Und dass für dich das Kind ab nun das Wichtigste, die Erfüllung, insgeheimer Lebensinhalt sein würde. Mit der Geburt des Kindes, dem wunderbarsten Moment im Leben eines weiblichen Wesens, all deine Bedürfnisse augenblicklich gestillt wären, hieß es. Hat es geheißen.

Als ob mir das Sattessen am eigenen Kind auch nur ansatzweise möglich wär.

Montag, 17. Oktober (14 Uhr)
Am Fleischmarkt

Ambulatorium für Schwangerenhilfe und Sexualmedizin. Montag bis Freitag, von acht bis siebzehn Uhr. Am Samstag nur vormittags. 24-Stunden-Hotline. Einladung zum Informationsgespräch. Weh weh weh. Prowoman at.

Heute Früh bin ich einfach mit dem 43er weitergefahren. In die Innenstadt. Bei der Station Brünnlbadgasse, wo ich normalerweise aussteige, um die letzten hundert Meter zu Fuß in die Arbeit zu gehen, einfach sitzen geblieben, ohne das Brünnlbadgassengeplärr aus dem Lautsprecher zur Kenntnis zu nehmen. Anschließend habe ich im Sekretariat angerufen und mich krank gemeldet. Etwas von einer Magen-Darm-Grippe und irrsinniger Übelkeit erzählt. Und dass ich selbstverständlich eine Bestätigung vom Arzt bringen würde, falls sich die Symptome verschlimmerten, und ich womöglich gezwungen wäre, die ganze Woche zu Hause, nein, richtig, im Bett zu bleiben.

Nummer 26. Der Klinikeingang ist unscheinbar. Verschwindet zwischen den Schaufenstern. Doggylicious. Die exklusive Hundeboutique. Als Markenzeichen ein Hündchen mit Fledermausohren. Mittagsimbiss. Persischer Reis mit Dille, Berberitzen, dicken Bohnen, dazu Joghurt mit Minze. Sechs neunzig. Auf einem Foto neben verstaubten Plastikweintrauben lächelt George Clooney. Kaffee to go. Daneben Friedl. Ehemals Herren und Damen Coiffeur. Mit Werbung beklebte Scheiben. Qi Gong. Tai Chi. Kung Fu. Intensivwochen. Geborgen in Gottes guten Händen. Ein rotes Samttuch in der Auslage. Die Muttergottes aus Kunststoff darauf blütenweiß. Mit Silberkrone. Im Hintergrund Dürers *Betende Hände*. Plakatgroße Fotos von Daumen lutschenden Föten in Fruchtblasen. Die ersten drei Monate. Die zweiten drei Monate. Die dritten drei Monate. Zehn Gebote. Handgeschrieben. Römisch I. Bis römisch X.

Sprüche auf hellblauen Papierwolken. Komm, heiliger Geist. Geist der Frömmigkeit. Der Weisheit. Der Furcht Gottes. Sechste Woche. Achte Woche. Neunte Woche. Elfte Woche. Transparente auch an Brust und Rücken derer, die regelmäßig an Prozessionen zum Schutz des ungeborenen Lebens teilnehmen. Stundenlang vor sogenannten Abtreibungsstätten ausharren. Stehend. *Mitopfernd.* Wie Johannes und Maria unterm Kreuz. Und die sich vermutlich auch heute Vormittag zwischen acht und zehn Uhr dreißig an einem Gebetsvigil (vigil: wachend, schlaflos, die Vigilie: Nachtwache) vor dem Ambulatorium am Fleischmarkt beteiligt hätten. Wär heut Samstag, der letzte im Monat gewesen.

Wie einmal im Juli, als ich gerade dabei war, den Mariahilfergürtel in der Nähe einer Frauenklinik zu überqueren und auf der begrünten Insel zwischen den mehrspurigen Fahrbahnen einen Gebetszug heranschleichen sah, würden sich auch heute etwa zehn bis fünfzehn Personen hinter einem Bild von der Heiligen Mutter Maria versteckt und das Schutzschild aus Pappe vor sich hergetragen haben. Vergelt's Gott. Leise, an Rosenkränzen drehend, *vergib uns unsere Schuld*, nicht laut gebetet haben. Und in angemessenem Abstand von zwei Polizisten, die ihre Arme hinter dem Rücken verschränkt hielten, begleitet worden sein.

Später, als die Aufstellung in einer Reihe geglückt war, begann zwar das Hineinsingen in die dicht an die Münder gepressten Walkie Talkies an Lautstärke zuzunehmen. Aber auch die Unsicherheit, ja Ängstlichkeit der Beteiligten, die sich immer wieder genötigt fühlten, *und führe uns nicht in Versuchung*, sich nach Fußgängern umzudrehen. *Sondern erlöse uns von dem Bösen*. Und wahrscheinlich würde man auch heute einen hinkenden, am mutigen Ausschreiten gehinderten Mitvierziger mit Brille angetroffen haben. Und eine korpulente Alterslose in Gesundheitsschuhen mit lila Socken und vom Wasser aufgequollenen Beinen. Den hoch aufgeschossenen Vollbärtigen, der bestimmt noch, sein Blick scheu, flackernd, als erwarte er eine strafende Hand, *gegrüßet seist du, Maria*, bei seiner Mutter wohnt. Und auch jene Graumelierte, die sich letztendlich, nachdem sie mehrmals nervös zu mir hin und wieder zu Boden geschaut hatte, doch von der Versammlung löste, um der einzigen Zuschauerin (kaum jemand nahm Notiz in Anbetracht des üblichen Von-Ampel-zu-Ampel-Rauschens) die Sachlage näher zu erläutern. Sie werden wissen wollen, was hier vor sich geht. Was wir hier machen, werden Sie sich fragen. Haare sprossen in ihrem Gesicht. Ein Eckzahn war verfärbt. Es gälte, Menschen vor einem schweren Fehler zu bewahren. Vor den Konsequenzen, körperlichen und seelischen, die ein Schwangerschaftsabbruch nach sich zöge. Dem Post Abortion Syndrom. An dem nicht nur die betroffenen Frauen, sondern auch die Kindsväter, Ärzte und Krankenschwestern zu leiden hätten. Alpträume. Flashbacks. Zum Beispiel beim Staubsaugen. Können Sie sich das vorstellen? Wie das sein muss, täglich beim Brummen eines Staubsaugers zusammenzuzucken, weil es Sie an das Geräusch des Absaugegerätes im Operationssaal erinnert. Stellen Sie sich das vor, wenn Sie Tag für Tag bei der Hausarbeit an ein traumatisches Ereignis erinnert werden. Es ständig aufblitzt, das Trauma. Als wär's erst gestern gewesen. Bis Sie emotional völlig abgestorben, komplett beziehungsunfähig geworden sind. Ihr Tonfall, als baue sie nah am Wasser. *Du bist gebenedeit unter den Frauen*. Zutraulich rückte sie näher. Aber selbst wenn eine Frau die Berufung zur Mutterschaft abgelehnt habe, könne sie immer noch den Vater um Verzeihung bitten, und sagen, dass sie ab heute das Geschenk annehmen wolle, das ihr hier zuteil geworden sei. *Und gebenedeit ist die Frucht deines Leibes*. Sie fuchtelte mit dem Rosenkranz, nachdem ich mich etwas seitwärts gedreht und ihr wie zufällig meinen Arm entzogen hatte. Ein Hausbesitzer könne einen unliebsamen Mieter auch nicht einfach erschießen. Er habe ihm zu kündigen. Fristgerecht. Ebenso verhielte es sich mit einem ungeborenen Kind. Dem könnte auch gekündigt, ein neuer Vermieter ganz einfach über Adoption gefunden werden. *Bitte für uns Sünder.* Eine etwas bucklige, bisher intensiv ins Beten vertiefte Nonne am äußersten Rand öffnete die Augen, und begann ihr Funkgerät, das möglicherweise ein eigenartiges Geräusch von sich gegeben hatte und deshalb wie ein suspektes Kriechtier mit Fühler vom Ohr weg gehalten wurde, vorsichtig zu schütteln. *Und vergib uns unsere Schuld.* Die Kinnhaare der Graumelierten vereinzelt. Mit viel Substanz. *Und führe uns nicht in Versuchung, sondern erlöse uns von dem Bösen.* So dass man sie mit der Pinzette schon sehr tief unten, an der Wurzel packen müsste. Man weiß ja nicht, was einen dann befällt. Was alles durch Hautkontakt übertragen wird. Wenn man sie annähme, die freundlich hingestreckte Hand. Auf Wiedersehen. Ob das Virus dann nicht überspringt, das diese Schar von Kindern dort in Erwachsenengestalt längst schon in den Klauen hält. Oder ob deren Jute ähnliche Aura nicht schräg von der Seite heran kriecht und einen im Nu zum Ich-losen Geschöpf, sich am Hals endgültig verdichtend, ihn eng und enger umschürend, die Luft ab, zu einem Sack voll Schuld und Sühne degradiert.

Ich habe so getan, als hätte mein Handy vibriert und habe in der Tasche gekramt. Und im Weggehen, auf der Wiese schon, noch immer den Arm bis zum Ellenbogen vergraben, gesagt, aus welchem Grund sich ein Hausbesitzer eigentlich dazu verpflichtet fühlen sollte, sein Haus zu vermieten. Und sei es auch nur für die Dauer von neun Monaten. Muss er denn das überhaupt, hab ich gesagt. Und, erst auf meinen Leib hindeutend, seine Konturen bloß andeutend, aber dann doch fest mit beiden Händen auf meinen Bauch - hier! - und meine Hüften - hier! - und mein Gesäß und auf meine Brüste und Schenkel greifend, und fester noch zugreifend, muss ich das. Muss ich das wirklich, wenn doch das alles meins ist. Das alles mir gehört. Gesagt.

Auf dem Rückweg überlaut das Telefonat der frisch Zugestiegenen mit einer Schuhverkäuferin. Das Schweißfußproblem des 11jährigen Sohnes sei nicht und nicht in den Griff zu kriegen. Ob das gerade eben gekaufte Paar denn waschbar sei. Der schafft es nämlich immer wieder, seine Schuhe gründlich zu durchweichen.

Montag, 17. Oktober (nachmittags)

ungewollt

Youtube. Com. Mein Laptop ist schon heiß gelaufen. Ich sollte aufstehen, statt auf der Couch herumzulungern. *Tanz baby!* Sollte. *Träum Kleines träum, vom Süden und vom Meer, träum Kleines träum, so wie jetzt wird's nimmermehr.* Wie beim Kirschkernspucken. Ein bisschen ausgekotzt, das gerollte R des Sängers. Betont weich.

Sie habe gewusst, was sie nun erwarten würde. Längst bemerkt, dass ich in der Tragödie da unten im Hof auf dem vergilbten Stück Rasen die Hauptrolle spielte. Noch bevor der kaufmännische Leiter wieder mal ans Esszimmerfenster gegangen sei. Wie übrigens jeden Tag nach dem Büro. Und lediglich, um die Vorhänge zuzuziehen für den Sittich, wie ich mir ja hätte denken können. Weil er seinen Vogel doch seit je um die gleiche Uhrzeit aus dem Käfig, der Gefangenschaft geholt habe, ihn auf dem Zeigefinger oder einem weißen Plastikstaberl aufsitzen ließ, um ihm in der Mitte des Zimmers etwa - flieg, Hansi, flieg - den Finger oder eben das Staberl abrupt unterm Hintern wegzureißen. Das Geräusch, das der Leiter währenddessen produzierte, indem er die Unterlippe an die Kanten seiner Schneidezähne legte und in Sekundenschnelle Luft durch den doch recht großen Spalt hin und her trieb, sollte wohl so klingen wie Gezwitscher. Letztendlich aber klebten

Bläschentrauben am Schmelz. Und Speichel, aufgeschäumt. Und dick wie Fishmac-Mayonnaise.

Meine Schwester betonte, dass den Mann, der nun mit erhobenen Armen da am Fenster stand, einzig und allein die Absicht bewogen habe, seinen geliebten Sittich vor dem tödlichen Fensterglas zu schützen. Und nicht etwa ein Interesse an den Fußball spielenden Kindern im Hof. Oder gar der Wunsch ihnen zuzuwinken oder sie anzufeuern, wenn schon nicht alle, so zumindest eines davon. Wie du's dir wahrscheinlich sehnlichst gewünscht hast, sagte sie. Und pochte mit dem Handballen an die Stirn. Absurd.

Sie habe sich gerade wegschleichen wollen aus dem Vorzimmer, als er plötzlich innehielt. Mitten im Zuziehen regelrecht erstarrte, die Hände am bügel- und knitterfreien Stoff, als wollt er nicht glauben, was ihm, dem Beinah-Fußballprofi da geboten wurde. Ungläubiges Kopfrucken dann, und wie die Gesäßmuskeln des Ex-Stürmers zuckten beim Anblick dieses Desasters, sagte meine Schwester. Seinen üblichen Kommentar, der das nervöse Anspannen und Loslassen der mächtigen Backen normalerweise begleitete, ein Granatapfel, das ist ein Granatapfel, schon im Ohr.

Augenbrauenhochziehen, ungläubiges. Während er sich langsam umdrehte. Mund und Wange linksseitig schief. Gänzlich schief vom Spott. Hämisch. Mit dem Daumen zum Fenster deutend. Ist das ihr Ernst, wirklich ihr Ernst? Hin zur Statistin deutend, zur Fußballstatistin in der Bubenpartie, inmitten all der flinken Burschen, einmalig, wie die Knirpse schon dribbeln, einer wendiger als der andere, und sie glaubt, sie kann dem frechen Fratz von der 2er Stiege den Ball abjagen, stolpert doch fast über ihre eigenen Füß, dann sein Auflachen, du kennst doch dieses Lachen, jetzt renn halt einmal richtig an, nicht so hektisch, macht sie das absichtlich, stopp, sprint, stopp, Versuche, da schaut's auch noch herauf zu uns, nein, das ist kein Frauensport mit diesen dünnen Haxen, jetzt lass doch bitte den Ball durch Mädchen, aufmachen nicht zusammenkneifen, o nicht x, oh meine Herren, und immer weiter im Kreis wie ein geschrecktes Hendl...

Sagte sie. Gelähmt. Wie gelähmt seine rechte Gesichtshälfte dagegen. Richtig abgefallen. Als er anschließend auch noch im Zimmer herumgehopst sei auf dem Stand. Oberlustig. Ein Laufen nur andeutend. Mich auch noch nachgemacht, lächerlich gemacht habe, ganz Dame läuft sie, damenhaft. Ob ich mich an das Getue, wenigstens an das noch erinnern könnte, wenn er Frauen im Allgemeinen nachäffte, ühü ühü, wegwerfend, sie immer so wegwerfend, die Unterschenkel in beide Richtungen, ühü ühü, die Finger der Rechten schlaff am Kinn, als wollt er Pfötchen geben, ühü ühü, abgespreizt die Linke, den Oberkörper drehend, da schau dir die an, wie die zum Bus rennt, kann die nicht normal rennen, fast zwanghaft, seine Abwertungen bei jeder Gelegenheit, typisch, schon wieder ein Weib am Steuer, der müsste man einmal ordentlich, stell dich nicht so an, ein bisschen Spaß wird man ja noch machen dürfen. Als ob wir (sie sagte *wir*!) nur mehr zum Genieren wärn.

Spiegelbilder seiner selbst. Die da im Käfig gesessen seien, dem kaufmännischen Leiter über fünf Sittichgenerationen hinweg das eigene Leiden vor Augen geführt haben. Mit jedem Fiepser. Von fünf Uhr morgens bis zur Dunkelheit. Oder man breitet schon davor ein Tuch über die Volière, damit endlich Ruh ist, weißt du noch. Seine missliche Lage. In die er sich natürlich keineswegs selbst hineinmanövriert hatte, sondern die ihm wie ein Meerschweinchenkäfiggitter über den Kopf gestülpt worden war. Eines, das man sich im Notfall von der Nachbarin ausborgen muss, wenn einem ein fast verhungerter Sittich zugeflogen ist. Wie er uns regelmäßig erzählte. So oft und ausführlich es ging. Und nicht vergaß - eure Mutter hatte versprochen, dass sie die Pille nimmt, fest in die Hand hatte sie's mir versprochen, und jedes Mal hab ich vorher gefragt und trotzdem -, uns die Aussichtslosigkeit seiner Situation, ja

du bist ein armes Viechal, hat man dich eingfangen und eingsperrt, unter die Nase zu reiben. *Träum Kleines träum, und behalt alles für dich, träum Kleines träum, wir lieben dich...*
    Einfach ins Gefängnis gesteckt. Unwissendlich, sagte meine Schwester, ohne Nachdenken seien wir von Anfang an in einen Schuldturm hineingetrieben worden. Wo's kein Entrinnen mehr gebe. Nichts würde bedeutend genug sein, um die Tat, immerhin hätten wir mit unserem Dasein einen Menschen um seine Freiheit und somit um sein Leben gebracht, zu sühnen. Selbst wenn wir jede Minute unseres Lebens mit Leib und Seele abdienten. Stets zu Diensten wären. Ihm zu Diensten wären. Ein Leben lang, ohne Aufmucken. Willig. Nach seiner Pfeife, wie die Puppen tanzten. *Tanz Kleines tanz, tanze durch die Nacht, tanz Kleines tanz, tiefer als gedacht...*
    Ob ich mich ans grenzenlose Bravsein etwa nicht mehr erinnern könnte, an all die Höflichkeiten und wohin sie uns geführt hätten, gib dem Herrn schön die Hand, komm, schön brav die Hand und ein Bussi geben. Ob ich das etwa nicht mehr wüsste, nichts mehr wissen wollte vom Anwaltsfreund-Bussigeben, dem einmal wöchentlichen. Ausgeliefertsein. So oft wir den Freund der Familie im Tennisclub eben trafen, gemeinsam mit dem ahnungslosen Leiter zum Üben, geh bitte, sei so lieb, zeig den Kindern ein bisschen was von deiner Technik, treffen mussten. Hinten beim Wandplatz, zum An-die-Wand-Spielen, sagte meine Schwester, mit zugespitzten Lippen in die Luft küssend. Ob ich vom Anwaltsfreund (was für ein Schrank von einem Mann, jede zweite Frau im Club hingerissen, die Augäpfel gen Himmel rollend) und seinen Bussis, lieb seid ihr, den Anwaltsbussis nichts mehr wissen will, und seinen Doktorspielen (kaum hatte sich der Leiter vertrauensvoll umgedreht und war gegangen), so als suchte er was auf deinen Lippen, wollte ein Stück trockene Haut abziehen, als hätt er tatsächlich da drin weiter drinnen, dazwischen, zwischen deinen Lippen was verloren, tastend, sich Millimeter um Millimeter vortastend,

nach dem Verlorenen suchend oder einem schlechten Zahn, hast du Karies, lass mal sehen, so fromm wie ein Lamm sei ich dagestanden, regungslos, wie an einem Schnuller nuckelnd, mit diesem, seinem Finger, Zeige oder Mittel, aber sie wüsste, wollte nicht mehr genau, in meinem Mund.

Wie weit wärst du noch gegangen, um wahrgenommen zu werden. Geliebt. Wie weit würdest du gehn? ... *und träum und träum und träum...*

Montag, 17. Oktober (22.30 Uhr)

Beweislast

Auf Rubens Schoß. Im Liegestuhl dort auf der Terrasse. Die Rotblonde, die so schön leicht ist. Federleicht. Du weißt schon, diesen hier. Die Burschen im Oberstufenteam lassen in Siegerpose die angewinkelten Arme zurückschnellen, mit aufgedrehten Fäusten, als wollten sie etwas heranziehen, ruckartig an ihren Leib reißen und nochmal, brennend, kurz und hart die Stöße, und hinein mit der Wuchtel ins Tor. Spielend, wie man die Rotblonde hochheben kann, das Pupperl spürst du kaum, an die Wand drücken kann, auch wenn die Fliesen noch so glitschig sind, nicht wirklich bequem, aber irgendwann geht einem das dauernde Geprassel auf den Hinterkopf ohnehin auf die Nerven und du musst den Hahn abdrehn, sonst glaubst du noch du erstickst, ein Kinderspiel mit dieser Kleinen im Stehn in der Duschkabine, wird von den meisten im Team kundgetan und einen Halbton tiefer, ein bissl dreckiger noch, grinsend, aber eigentlich wurscht wo und an welcher Wand, einfach aufnehmen und hopphopp, geht schon, auf ein Hupferl, sogar ohne dass dir die Arme abbrechen mit der Zeit, sagen sie oder auf geht's Rock'n Roll, den man nun wirklich nicht mit einer jeden schafft, ohne einzugehn. Und mit zittrigen Knien, als wärn sie Greise, denen man Zentner um die Hüften gewickelt hätte, da, schau sie dir an, die übrigen Girls, wie sie sich alle schön brav anstelln, halbverhungert, ja man sieht's, beim Buffet.

Wir schneiden nicht. Wir begradigen nur. Butterobersmandelduft. Rum. Achtzigprozentiger. Malakoff. Torten dieser Art zerfließen im Warmen.

Die Beine der Rotblonden baumeln von der Lehne. Rubens Arm unterm Kopf. Siegessicher kippt er den Kopfteil zurück. Sie hat ganz selbstverständlich Platz genommen, als sie ihn da draußen liegen sah. Sich mit verschmitztem Hasenzähnchenschmunzeln auf ihn draufgesetzt. Mitten drauf. In Lendenhöhe. Mitten aufs Geschlecht gesetzt. Ihr kleiner Mund jetzt klaffend. Rot glaciert. Ein Praterapfel im Herbst, in den man grad hinein gebissen hat. Zucker, oft zementhart zwischen den Zähnen. Ein Goscherl mit leichtem Vorbiss. Was aber normal sei. Wegen ihrer englischen Abstammung, nicht weiter störe. Auch während des Küssens, Zuckergoscherlküssens, nicht.

Tierisch. Beim Eintauchen des Messers in den Tortenberg schallplattenartiges Abspulen des Morgengebets. Butterberge, die da aufgelöffelt würden, am morgendlichen Frühstückstisch. Ungeheuerliche. Fettberge. Bäuche, die man sich Morgen für Morgen anzüchtete mit jedem Butterhappen, von wegen dünn aufgestrichen, hauchdünn aufs Vollkornbrot, dass einer nicht lachte, da im Radioapparat, so dünn aufgekratzt könnt's gar nicht gehen, dass sich das Cholesterin, das tierische nicht irgendwo ablagerte, ja schaust du keine Werbung, diese abertausenden, über all die Jahre allmorgendlich angefressenen Marillenmarmeladebutterbrote (365 pro Jahr, man möge das bitte multiplizieren) nicht eines Tages ihren Tribut forderten, und erst wenn's zu spät sei, komme das große Zähneknirschen. Wenn selbst das Trink-Joghurt aus dem Danacol-Flascherl nichts mehr nützte. Sodass man's natürlich dann vergessen könnte, das Wundermittel. Es sich (aber nur dann!) buchstäblich einmargerieren.

Rama. Thea. Die mit dem Lippenpiercing und der tintenschwarzen Sinead O'Connor-Frisur. Die einen sonst nur mit den Augen grüßt. Im Turnsaaltrakt. Nur zwinkern kann. Einen sonst nur krampfhaft, verbissen ins Stummsein anzwinkern kann. Als hätt sie auch nur die blasseste Ahnung, wie sich eine trockene Bindehaut anfühlt. Sand, kiloweis, unter unter den Lidern. Sie streift etwas Tortenmasse vom Schinkenmesser in meiner Hand. Es gebe viele Malakoff-Rezepte. Die hier sei klassisch. Keine billige mit Margarine. Sie wird wohl eine ganze Weile schon neben mir gestanden haben. Lowbret-Piercing. Möglichst weit unten, in der Nähe der Zahnwurzel platziert. Ein voll gesoffener Zeck, schmutzigsilbrig, der sich bei manchen Worten ein Stück weit aus dem Fleisch dreht. Den rötlich entzündeten Rand des ausgestanzten Loches freigibt. Sie deutet auf mein Ohrläppchen. Eins zwei drei vier. Keine Ohrstecker, sag ich. Kurze Krawattennadeln mit Perlbesatz, die man früher im Knopf getragen hat. Thea legt den Kopf schief. Sieht verpfuscht aus irgendwie, besonders die letzte Nadel am Ohrmuschelrand. Wer das gestochen hat, dem müsst man die Lizenz entziehen. Nichts dergleichen. Hab ich gesagt oder getan, das ihr Getue gerechtfertigt hätte. In weiterer Folge. Dieses Wegspringen vom Buffet. So angeekelt, angewidert. Weg von mir. Bloß weil ich an mein Schlüsselbein gepocht hab mit dem Daumen, oberhalb des U-Boot-Kragens, kaum merklich, ich war das, man hätt's auch übersehen können, so zaghaft, ich. Bloß auf mich selbst gedeutet hab.

Die Rotblonde schmiegsam, biegsam, katzengleich an Rubens Brust. Ihm die Lippen leckend, mit ihrer hellrosa Katzenzunge ihn übern flaumigen Bart am Kinn, an den Wangen, seine geschlossenen Lippen leckend. Katzenzungenspitze, hab ich gedacht, beim Entlangschleifen, am Messer entlang, Schleifen, mit der Zunge, Zungenspitze Butterorberscreme von der zwanzig Zentimeter langen Klinge putzend, einer messerscharfen, die alles und jedes ritzt, schon bei der geringsten

Berührung, im Nu aufritzte, kaum kommst du an, ist deine Zunge entzwei, das Katzenzungenspitzchen, hab ich gedacht, und so, langsam über die Klinge streifend (sicher ein schräger Anblick aber so ein Theater), dann ans Züngerlspalten. Katzenzüngerlspalten. Und wie's vorn am Spitz, ganz vorne auseinanderklafft.

Von wegen Blutschwall, der mir angeblich aus dem Mund geschossen wäre. Und den Bissen auf meiner Zunge urplötzlich eingefärbt hätte. Höllisch rot. Wie's mir über die Unterlippe geronnen, vom Lippenrand getropft sei, aufs U-Boot-Kragen-Sweatshirt, und nur weil's schwarz ist, würd man die Flecken kaum sehen, so leg doch das Messer hin. Partygäste, welche aus Rubens Klasse wie aus dem Nichts, drei, vier, fünf weitere, die mir in den Mund gaffen, mich, einer links, einer rechts, eskortieren, jetzt gib das Ding doch her, wie eine potenzielle Selbstmörderin, es fehlte noch das Kriminalpsychologengerede, alles ist gut alles wird gut, Gerede, einer Frau Frieda Jung zum Beispiel, der Kollegin von TV-Kommissar Borowski, ok ok ok, dicht neben mir, Rubens Teamkapitän, dem die Surferhose in den Kniekehlen hängt, der Bund in Schambeinhöhe, ganz ruhig, das karierte Hemd lässig drüber, jetzt setzt dich erstmal hin und trink einen Schluck, hier, langsam, geübt in der Krisenintervention. Das Wasser irgendwie lau. Metallisch. Aus der Dose.

Ich spüre nichts. In manchen Momenten. Angeblich weil der Druck von innen zu groß geworden ist. Sie müssen sich das so vorstellen wie bei einem Schnellkochtopf, sagte die Therapeutin. Der ja hauptsächlich in den 80er Jahren modern gewesen sei. Wenn man etwa in wenigen Minuten das Fleisch für den Hund parat haben wollte, Schweinszüngerl und dergleichen. Oder aber Sie verwenden ihn heute zum Zubereiten von Artischocken, die man ja sonst eine Ewigkeit auf dem Herd hätte, auf herkömmlichem Weg. Aber wo waren wir, ja, bei der Energie, die durch manche Gefühle wie etwa Wut, Ärger, Enttäuschung naturgemäß bei jedem Menschen freigesetzt wird. Die aber Sie ganz besonders überkochen, vergessen Sie halt das Bild von den Kutteln wieder, ja förmlich aus der Haut platzen lässt.

Ich blute kaum. Sie haben gerade die richtige Stärke. Die goldenen Krawattennadeln des Großvaters. Die in Nachkriegsseidenpapier eingewickelt in der untersten Schmuckschatullenlade liegen. Und die ich jedes Mal vorsichtig aus der Erinnerungshülle herausschälen muss, eingedenk des gebetsmühlenartigen Dreschens, Phrasen über Phrasen, du weißt ja gar nicht wie gut's dir geht und kannst dein Glück nicht schätzen, Phrasendreschens, hast's nicht verdient. Mea culpa. Mea maxima culpa. Nadeln mit Zierköpfen zur Linderung. Zuckerln im Zuckerpapier. Einige, die ich noch auszuwickeln hab.

Im Badezimmer. Je höher man am Knorpel ansetzt, desto weniger Blut ist zu erwarten. Zur Desinfektion des Goldstiftes und der Haut muss das Wasser heiß sein. Natürlich setzt man gerade an, mit der Spitze. Weitgehend gerade. Legt erst die Stechrichtung fest. Versucht, wenn möglich gleich beim ersten Mal den größten Teil des Weges zurückzulegen. Ohne mehrmaliges Ansetzen auszukommen. Gleich zum Punkt. Was brauchst du heut schon wieder fortgehen am Abend. Recht sanft noch, anfangs. In dieser Aufmachung. Natürlich versucht man, mit den Fingerkuppen der andern Hand auf der Rückseite nachzuhelfen. So gut's eben geht. Das Ohr gegen die Nadel zu drücken. Sie durch. Mit einem kräftigen Stoß durch das Knorpelfleisch. Zu treiben. Und damit das Wort, das bereits am Frühstückstisch gesagte. Mir rein, ordentlich Reingesagte, nuttig, wie du daherkommst. Hinauszutreiben. Und einmal noch kräftig durch die dünne Haut, mit schweißnassen Händen. Diesen Schmerz. Aus dem Leib zu treiben. Das Stechen. Brennen, das brennende, als hätte man versehentlich ein Stück Chili geschluckt einen von innen her mit Lauffeuergeschwindigkeit ausbrennende, Wundsein, mit jedem Wort wunder noch gewordene, nuttig dein Minirock, in der Nabelgegend festgefrorene, mit adäquaten Mitteln abzutöten. Minus und Minus ist Plus. Ein Weh mit dem andern zu neutralisieren.

Ich tauche die Zungenspitze ein, bevor ich einen Schluck nehme. Schlappe Wasser. Rosarot wie Himbeersaft. Nesselarme, die sich bis auf den Grund ziehen. Quallig. Wohnküchenatmosphäre. Lucies Reich. Mein Platz ist neben der Speis. Voll bis oben hin. Beim Auf und Zu der Vorratskammertür eine Mürbteigfahne. Rhabarberschnitten. Die Lucie stößt mit dem Absatz die Tür zu. Nasenflügel und Philtrum der Haushälterin entzündet, schuppig schon vom fortwährenden Reiben und Hineinschneuzen ins ewigfeuchte Tuch. Braungebackene Wipfel im Zuckereischaumfeld. Ein Balanceakt. Unterm Tablett die Frau mit der weißen Schürze noch gebrechlicher.

So alt sei sie noch gar nicht. Rhabarberschnittennaschen an den Lernnachmittagen. Ru-ben. Auch Buchstabieren nützte nichts. Ein Repetent aus der Parallelklasse braucht Nachhilfe in Latein. Eh klar. Lächeln und nicken die Andern. Unternehmerisches Denken sei heutzutage gefragt. Wozu sich einen teuren Nachhilfelehrer leisten, wenn man's auch umsonst haben kann.

Wir zerteilen die braun gebackene Eischaumschicht mit dem Teigrad. Radeln ins Unverspurte hinein. Wie beim Tiefschneefahren am Arlberg. Sagt Ruben. Aber unbedingt mit Privatskilehrer. Wegen der Lawinengefahr. Den darfst du nicht vergessen. Ganz zeitig in der Früh, gleich wenn die Lifte offen haben. Völlig unberührte Flächen abseits der Piste. Dann ist es am schönsten. Keiner war noch vor dir da.

Rubens Mutter. Benzin hält sich in der Luft. Kriecht aus der Garage. Von dort, wo die SUVs stehn. Beim Betreten des Hauses überfallsartig der Gedanke ans Losstarten. Weiterkommen. Vorwärtsdrängen. Ein raumfüllender Perserteppich in der Halle. Velour, antike Möbel im Salon. Die Stoffe an den Fenstern. Kostbarst. Aufforderung genug, das Ziel im Leben,

Höher Schneller Mehr, bloß nicht aus den Augen zu verlieren. Stets auf lockere Eleganz bedacht zu bleiben. Und so kriecht Abgasaroma mit Laura Biagiotti gemischt, einem Hauch davon, blumigwürzig in jeden Winkel des Hauses. Die Gattin, die man schon am Schritt erkennt. Am Grundton ihres Auftretens. Einem ausschließlich feststellenden. Wie das Ticken der Wanduhr aus dem Dorotheum, man hört's bis in die Küche hinein. Unveränderlichkeit, Unabdingbarkeit anzeigend. Kurztrittig. Kein gutmütiges Herausrollen der grazilen Beine aus der Hüfte heraus, das man Großgewachsenen so gerne nachsagt. Vielmehr Pflastergreifen. Platzergreifen. Platz (sodass der Retriever kuscht unterm Tisch). Sich jeden Beisatz sparend.

Vor dem Ausgehen noch ein Glas. Riedl. Die Lucie nimmt beim Eintreten der gnädigen Frau unaufgefordert den Rotwein aus dem Regal. Brunello di Montalcino. DOCG. Denominazione di Origine Controllata e Garantita. Mit Schraubverschluss. Danke danke. Abwinken schon nach der Bedeckung des Bodensatzes. Sie müsse ja bald fahren. Rechtzeitig, mindestens eine halbe Stunde vor Beginn der Theatervorstellung in der Stadt sein. Zum Parkplatzsuchen. Ihr Mann erwarte sie in der Loge. Sofern nichts Geschäftliches dazwischen gekommen sei. Aber Sie wissen ja, kennen ja meinen Mann. Schon in den Rücken der Schnitten schneidenden Lucie hinein. Sie setzt tief an. Kippt das Sechzehntel mit George-Double-you-sauren Zügen. Wirft den Kopf einmal zurück. Frisst halt die Krot. Schluckt, was nicht zu ändern ist. Cartier-Reifen am Arm. Aquamarine, Diamanten in zarten Fassungen am kleinen Finger. Weichmacher, die hier nicht halten können, was sie versprechen. Der Ellenbogen liegt abgespreizt auf dem Tisch. Unterm Tuch wippt die Ausgeschuhspitze. Der rechte Fuß quer überm linken Schenkel. Vorstufe zur Kutscherhaltung. Sattest, als wollte man sich für die nächsten Jahrzehnte abgesichert haben, das Mahagonibraun ihres Lockenkopfes. Sie fasst das Glas beim

Trinken am Kelch. In der Zwischenzeit bloß ein gedankenversunkenes Auf und Ab ihrer Finger, unten am Stiel. Wie um ihn glatt zu streifen. Das Glatte, Runde, Ebenmäßige glatter noch, runder, ebenmäßiger, steifer zu streifen, aus sich heraus, zu steifen, von unten nach oben. Zu massieren, bis es bricht.

Gehn Sie. Die Gnädige am andern Ende der Sitzbank streckt der Lucie das Glas hin. Schenken Sie mir noch ein Lackerl ein. Das Eck bleibt leer. Die meisten lehnen an den Küchenkästen. Türstöcken (der sicherste Ort bei Einsturzgefahr). Scharen sich um die Lucie. Wohin auch ohne anzuecken. Schon als wir die Platten und Schüsseln mit Selbstgemachtem zum Biedermeiertisch trugen, übervorsichtig unsere Bewegungen. Kein Rück-doch-Mal. Dazuquetschen. So, die Frau und ich jeweils am Rand der Bank ergibt das Bild eines Zirkels. Spitze und Stift im rechten Winkel. Auf größtmöglichen Radius eingestellt. Ihr Blick im Narrenkastel, konsequent von mir abgewandt, als wäre sie mir noch nie zuvor begegnet, ich irgendwo untergegangen im Gesichtermeer, bloß eine von vielen. Wer ist wer, fragt sich. Und welche Achse sich um welche dreht.

Rubens Idee: im Keller lernen. Dort, wo die Geräte stehn. In der Kraftkammer. Da ist es lustiger. Libri Latini. Stowasser. Ovid. Nimm das Zeug mit. Dann kannst du mich abfragen. Ungewöhnlich voll. Formschön. Seine Lippen. Mick Jagger Lippen. Als er die Treppe hinunter springt. Mit der Hand am Geländer gleich zwei, mal drei Stufen auf einmal nimmt. Unten, komm, lass dich fallen, ich fang dich schon. Feigling du. In die Schüssel mit Äpfeln auf der Truhe langt, die farblich mit dem Muster des Persers harmonieren. Einem echten. Darauf kannst du Gift nehmen. Und der an Qualität nur gewinnt, wenn er ordentlich begangen wird. Die Zelte der Scheichs sind austapeziert. Mick Apfel und Kellerschlüssel in einem greift. Routiniert beim täglichen Programm. Perlweißglänzen, glasklar. Dann der kleine steirische halb. Im Jagger-Mund verschwindet. Auch die Wangen hohl, ähnlich hohl. Süchtig, wie böse Zungen behaupten. Verlebt. Irgendwie ausgezehrt, seine Züge. Als sei da weit mehr im Spiel als ein Joint, gelegentlich. Das bisschen Alkohol.

Rudergerät. Hometrainer. Einen Spalt weit gekippt das Kellerfenster. Dünenfotos, selbst geschossene. Die Wände, etwa einen Meter hoch sandfarben. Übergangslos meereshimmelblau. Im Eck eine Kiefernholzbar. Hocker. Fruchtige Erfrischungen. Säfte. Exotisches vom Markt in Körben. Dennoch Bunkerfeeling. Abgestanden die Luft. Nicht beißend. Stumpf. Nach Rubens Haaren, Haut, seinem triefenden Sportgewand riechend. Dass man ihn im Endspurt auf dem Zimmerfahrrad direkt vor sich sieht. (Nach einer Stunde Training wird er's wohl aufgegeben haben, sich mit dem Ärmel die Tropfen von der Stirn, vom Kopf zu wischen.) Sein Handtuch klitschig auf den Fliesen.

Butterfly. Kräftigt und formt die Brustmuskulatur. Rittlings auf der schmalen Bank. Brust raus. Ruhig und mit geradem Rücken die beiden schwenkbaren Arme zur Brustmitte ziehen. Nicht reißen. Führe die Arme ohne die Ellenbogen zu bewegen. Und bring sie wieder in die Ausgangslage zurück. Brustmuskeltraining. Spürst du's, wie's zieht. Die Gewichtseinteilung ist in Fünf-Kilogramm-Schritten möglich. Ruben beugt sich zu den Barren hinunter. Steckt den Stab um. Besser so? Zwei mal zehn und Pause. Fürn Anfang. Du darfst dich nicht verletzen beim ersten Mal. Die Gewichtsübertragung erfolgt über ein Stahlseil. Das Klingen der Barren leicht und hell. Bis in die Spitzen, beim Anspannen. Ein Jauchzen, Klingen, Abwärtsrollen, wie an einem Seil, zieht sich's, das Nervenkitzeln, Klingen, abwärts, tiefer, bis zum Nabel. Was wäre wenn. Mick. Steckt ihn tiefer noch. Perlweißglänzen. Strahlen. Klingt's hell und leicht, Körper an Körper, spröd, das Lippenmiteinander, Schwingen, der Gewichte. Nur nicht so hastig. Erst der Grundkurs. Um eine ordentliche Einführung in die Materie käme ich nicht herum, er würde schon dafür sorgen. Schnalzen die Flügel zurück.

Da ist er ja, der Herzensbrecher. Ob er sich auch gut amüsiere. Es war nicht ihre Frage, die mich störte. Als Ruben in die Küche kam, um sich ein Bier zu holen. Die kleine Rothaarige im Schlepptau. Mehr ihre Art. Des Aufspringens. Handanlegens an den Mann. Des Dastehens neben ihm, Model-like. Das linke Knie etwas eingeknickt, um die Silhouette schmaler erscheinen zu lassen. Ihre Schulter etwa in der Höhe seiner Achseln. Mit der Linken zart auf seine Brust klopfend. Die Rippen ertastend. Wie die schöne Falbala an den Schönling Tragicomix geschmiegt, den Asterix und Obelix aus den Fängen der Römer zu befreien hatten. Die Rechte erst am Dornfortsatz. Dann doch ein wenig an seinem Nackenhaar drehend. Im Wuschelkopf, du Wuschelkopf, wühlend und nochmal durch, mit dem zärtlichen Hinweis, dass die Mähne doch wieder mal geschnitten gehörte. Dazu sein verlegenes Winden, Sich-aus-den-Frauenfingern-Herauswinden, spinnengleichen. Ihrem grünlichen Seht-alle-Her. Tarantelblick. Perlweißglänzen, glasklar. Die Ähnlichkeit unverkennbar. Genau so hat es auszusehn, und nicht anders. Das fast perfekte Paar.

Musculus pectoris major. Der große Brustmuskel. Fächerförmig überm pectoris minor. Die Bank ist hart und schmal. Er rittlings mir gegenüber. Fingerbeerenstreifen, zart. Ein Feingefühl, das man seinen Händen nicht zutraut. Unverhältnismäßig kurz ragen die Finger aus den überbreiten Handrücken heraus. Erinnern, auf den ersten Blick alle gleich lang, an Bart Simpsons Haare. Pectoralis, sag ich, nachdem er meine Beine auf seine Schenkel gehoben hat. Die Brust betreffend. Ich solle mich bloß nicht so aufspielen. Lieber Platz tauschen, ihn ans Gerät lassen. Er könne mir mit Sicherheit auch noch eine ganze Menge beibringen. Was was. Und, das Gerät plötzlich wie einen Gaul antreibend, härter noch. Barrenklimpern. Scheppern. Lächerlich. Dass es mir die Sprache verschlagen würde. Mir mein Lachen so richtig. Gegacker, Gekuder, ja du brauchst gar nicht so. Hören und Sehen vergeht. Ovid, den wir gerade lesen. Publius

Ovidius Naso. Wie die Nase eines Mannes, so sei auch sein. Von der Nasenwurzel abwärts. Bis zum Mund. Eigentlich nicht sehr. Das würde schon noch. Ich könne ihm ruhig glauben. À propos *Metamorphosen*. Es ist sein Schauen, das mich frieren lässt, rasch nach dem T-Shirt suchen. Auch gegen das Brennen im Gesicht. Ovid habe auch etwas über die Liebeskunst geschrieben. *Ars amatoria*. Eine Kunst, die jede Frau erlernen könnte, problemlos, im Handumdrehn. Und die sie auch beherrschen sollte. Er dreht zwei Lychees wie chinesische Kugeln in der Hand. Natürlich nur, wenn sie ihrem wahren Wert gerecht werden wollte. Und nicht bloß irgendeine. Durchschnitt. Was wirklich Außergewöhnliches, ganz Besonderes sein...

Wir fangen klein an. Zippverschlusszippen. Man muss die Frucht vorsichtig aus der Hülse schälen. Abwärts, die Hülse, eine schrumplig braune, abwärts, als wollt man sie teilen in zwei Hälften, auseinander ziehn, bis sie bricht, der Knoten, Fruchtfleischknoten saftig glänzend dir entgegen, aus der Hülle, bricht, das Samtige zum Kosten lädt, schon beim Antupfen, Hintupfen zum Probieren einlädt, dich, mein Herz, mein Kopf in seinen Händen, zum Riechen, Schmecken verführt. Er plötzlich meinen Kopf führt, mach schon, tiefer, fester, ihn, meinen Kopf tiefer, auf und nieder führt, fester und fester, das Stück, Kopfstück, im Schraubstock hält, auf und nieder, bis zum Anschlag zwingt, trink trink, ich dagegen, wild, den Mann, sein Trinkmich schlage, guter Lycheesaft, schlag ich, stickerstick ich, schluck ich. Schlägt er an.

Dienstag, 18. Oktober (1.30 Uhr)

Danach.

Frost, der einen anbeißt. Nach dem Akt. Jedes Mal. Nach dem Geschlechtsakt. Und der auch ihn, Paul, schon damals in diesem polnischen Hotelzimmer angebissen habe, im Moment des Ablassens und Ausschnaufens, kaum dass er rübergerollt sei auf die andere Seite, fix und fertig, aber das ist doch normal, total erledigt ins Kissen gefallen war.

 Filmreif, wie du dann bist, deine Art, die du an den Tag legst, dieses Switchen, man müsst es festhalten, aufnehmen, dieses plötzliche Umswitchen von der liebevollen Frau hin zur distanzierten Fremden, ich ruf dich an, Baby, das fehlte noch, so ganz in diesem Stil, von einer Sekunde auf die andere verstockt, die Atmosphäre im Raum, fremd geworden, kühl, als hätt's so etwas wie Nähe zwischen uns niemals gegeben, geschweige denn Intimität, dann dein Gewickel, das hektische, die Decke um den Leib, Gewickel, Madame im Abendkleid mit Schleppe, einer meterlangen, um jeden Preis muss das Zeug mit, sogar beim Sprung aufs Klo, aus lauter Angst wohl, dass dir einer was abschaut, so vorwurfsvoll, beleidigt, dein Getue, als hätt ich dir tatsächlich etwas angetan während der letzten Stunden, weggenommen, wär gegen deinen Willen über dich hergefallen, könnt man meinen, und dass du's mir nicht freiwillig gegeben hast, du dich mir nicht aus freien Stücken hingegeben hast, oder irr ich mich, du schaust so bös, wolltest es doch auch, sag doch. Sag. Wenigstens irgendwas.

 Ein Spritzer Zitronensaft genügt und die Auster zuckt. Und wenn sie noch könnte, ginge sie zu.

 Ich bleibe. Es war mehr so dahingesagt. Beim letzten Mal. Ich wusste ja nicht, ob ich das aushalten kann, das Dicht-an-Dicht, die ganze Nacht lang, hautnah, neben einem Mann, still als kleiner Löffel eingebuchtet im großen, mein Gesicht in seiner Hand, mucksmäuschenstill, und abgedeckt, du glühst ja wie ein Ofen, Paul, die Hitze, wallend im Rücken, bis zum Morgen. Ob ich mich daran gewöhnen sollte. Ans Frühstück im Café Hummel, das er mir in Aussicht gestellt hatte, ganz zeitig, so um sieben, halb acht, damit wir uns Zeit lassen können, an die Melange, das Kipferl, den Orangensaft, um aber dann doch lieber nicht gemeinsam im Büro aufzutauchen, besser jeder für sich, was meinst du, bevor die sich das Maul zerreißen. Ob ich mich daran gewöhnen könnte. Dass er als Chef natürlich früher vom Frühstückstisch aufstehen würde, eine Viertelstunde circa, das genügt, lass nur, ich mach das schon, die Geldbörse zückt und vorfährt mit dem Wagen, natürlich vor mir im Büro sein müsste, damit's nicht auffällt, lass dir Zeit mit dem Nachkommen, wir sagen einfach, du bist noch unterwegs wegen einer Recherche und kommst etwas später. Gehst doch eh so gern zu Fuß.

Auf die Gefahr hin, dass er sich eines Tages abwendet von mir. Wie von einer Süßspeise, die man dann stehn lässt, ein bisschen angewidert wegschiebt, nachdem man sich dran satt gegessen hat. So richtig. Tag für Tag immer die gleiche Torte auf den Teller geladen hat. Angespeist bis oben hin, auch wenn's noch so gut war, das süße Zeug nicht mehr sehen kann. Schmecken. Ganz allgemein gesprochen, es hat ja nichts mit dir zu tun, aber sei mir nicht bös, ein bisschen Gusto muss man schon drauf haben. Ihm der Sinn eben leider nach was Anderem, Pikanteren vielleicht, aber komplett Neuem jedenfalls, und bitte nicht so Fadem steht. Abwechslung muss sein. Auf die Gefahr hin, dass Paul sich wegdreht. Danach. Wenn der Spaß vorbei ist. Und so fängt's doch meistens an, damit, dass er sich auf seine Bettseite dreht, wortlos hinstreckt, unbeweglich, aus, toter Mann im Wasser, den Zigarettenrauch in die Luft bläst, ein Ringerl nach dem andern aufsteigen lässt, versucht, sie mit der Zunge aufzufädeln, sich spielt, mit der Zigarette, wie nach einem guten Essen, sich eine anraucht, nach dem Dessert, gar nicht mehr hinsieht, derartig konzentriert aufs Ringerlauffädeln, so was Blödes, jetzt ist's zerrissen, die Frau daneben gar nicht mehr ansieht (wie früher, als die Hausfrau die Schüsseln mit dem Fleisch, dem Kraut, den Knödeln bloß auf den Tisch zu stellen hatte, Mahlzeit, lasst's euch schmecken, um dann nicht mitzuessen, sondern sofort wieder in der Küche zu verschwinden), blind, mit dem Arm winkend, gibst mir mal den Aschenbecher, eigentlich weder Ding noch Frau sieht, hier, bitte, halt ihn mir mal. Ding. Frau. Ding. Sieht. Ein Ringerl probier ich noch. Schnell, die Asche fällt gleich. Wo ist das Ding. Die Frau als solches benutzt.

Mittwoch, 19. Oktober (gegen 10 Uhr)

Gefangen in Verstand

Email von Wilma. Was eigentlich los sei mit mir. Beim letzten Telefonat habe sie kein Wort verstanden, sei die Verbindung einfach abgebrochen irgendwann, ich irgendwie weggeschnappt, seither auch nicht mehr zu erreichen, wann auch immer sie es probiert habe, immer das Gleiche mit diesem Handy, sie hasse dieses Mobilkom ja schon mittlerweile, die Mailbox müsste längst voll sein mit ihren und Pauls Nachrichten, ob ich die eigentlich bekommen hätte, das Band überhaupt abhören würde ab und an, sie meine ja nur, gelegentlich könnt's gar nicht schaden, wenn man schon ein Handy hat, sage im Übrigen auch Paul, der seit Montag angeblich total untergeht in Arbeit und dieses neue Projekt, das man ihm zusätzlich zu der Hotelsache, *an der ihr gerade dran seid*, umgehängt hat, kaum mehr auf die Reihe kriegt, und der Wilma nun dauernd löchern würde, zurecht fragt, wo seine Assistentin bleibt, *so sang- und klanglos, wie du untergetaucht bist, ganz plötzlich, abmarschiert in innere Emigration, Magen-Darm-Grippe, so ein Schmäh, das glaubt dir doch kein Mensch, verdammt, rühr dich doch einmal, weil Paul sich schon sorgt um dich, echt, kannst du ihm denn nicht wenigstens persönlich Bescheid geben, wie krank du wirklich bist, weil der, ob du's glaubst oder nicht, sich schon ernsthaft Sorgen macht...*

Ich habe an die Mutter denken müssen, und an ihre Krankenhausaufenthalte damals. Als sie sich in regelmäßigen Abständen aufnehmen ließ in diesem kleinen Privatspital. Mit Verdacht auf chronische Nierenbeckenentzündung, bei der es ja normal ist, dass man sich durch untersuchen lassen muss, in einer Tour, weil die Beschwerden auch nie vollkommen verschwinden. Im Gegenteil, stärker noch alle paar Monate, schubweise wiederkehren. Was der Mensch bei der Aufnahme selbstverständlich wusste, auf Grund seiner Tätigkeit als Krankenpfleger oder dergleichen, selbstverständlich auch zu wissen hatte: Übelkeit, Kopfschmerzen, Appetitlosigkeit, Schüttelfrost, usw., die ganze Palette eben. Und nein, das alles habe sich die Patientin nicht bloß eingebildet, auch wenn sie, wie's hier steht, schwarz auf weiß zum Nachlesen, hier, bitte schön, erst vor drei Monaten als geheilt entlassen worden war.

Ich habe an die Mutter denken müssen, als sie sich wieder einmal ein Zimmer in der Klinik genommen hatte, um vom Ehemann Urlaub zu machen, sich *endlich* von seinem Egoismus zu erholen.

Ich habe mich an ihr Gespräch mit diesem blutjungen Assistenzarzt beim letzten Mal erinnert (Ein fescher Mensch, findest du nicht?), der sich unter anderem für das Anlegen einer Urinkultur als zuständig erklärt hatte. Und daran, wie geschmeichelt sie war, als er ihr, der immerhin seit über zwanzig Jahren verheirateten Frau, erneut eine Antibiotikatherapie vorschlug. Zur Heilung dieses zwar ungewöhnlich hartnäckigen und heftigen, aber gemäß den Laborwerten völlig harmlosen Harnwegsinfekts. Einer so genannten Honeymoon-Zystitis, wie sie bei, der Mann rang fingerschnippend und ein wenig angelaufen ums richtige Wort, sagen wir außerordentlich *aktiven* Frauen durchaus häufig zu diagnostizieren sei. Fügte dann noch mit etwas abgesenktem Kopf in Richtung der vor Stolz fast Platzenden (Ich muss wirklich jung aussehen…), wenn Sie wissen, was ich meine, hinzu. Tritt die Folgeerkrankung mehr als vierzehn Tage nach klinischer Abheilung der letzten auf, kann man von einer Neuinfektion ausgehen. Ein Wechsel in der Medikation ist also nicht vonnöten. Im Übrigen aber, und das dürfe er durchaus als erfahrener und zudem in einer festen Partnerschaft lebender Mann behaupten, habe das Wasserlassen unmittelbar nach dem Beischlaf seiner Erfahrung nach schon des Öfteren Wunder gewirkt. Der Arzt nahm Haltung an, erhob sich wie ertappt aus seiner kauernden Stellung, richtete sich den weißen Kittelkragen, als habe da eine Nylonnaht an der frisch rasierten Stelle geschabt, setzte, sich prophylaktisch räuspernd, fort, Sie werden sehen, das hilft, und wirkt mit Sicherheit dem Aufsteigen von Krankheitserregern entgegen.

Die ganze Welt ist Bühne. Rollentyp *Radfahrerin*. Interpersonal. Nicht, dass sie es jemals gewagt hätte, den Grund dafür zu nennen, warum sie noch immer an ihm hing, kleben blieb. Ihrer Ansicht nach kleben bleiben *musste*. Nicht, dass sie es gewagt hätte, genauer hinzuschauen, auf dieses offensichtliche Bedürfnis, sich gegen ihren Willen nehmen zu lassen, angeblich gegen ihren Willen, vom Mann, dem Körperwesen, erfüllen zu lassen, regelmäßig erfüllt vom Bedürfnis, sich auf Kommando, von Zärtlichkeit kann keine Rede sein, ausfüllen zu lassen, nein, das ist Sport, wie ein Training ist das für ihn, von ihm füttern zu lassen regelrecht, jede braucht das, sich beim Genommenwerden mit dem Fehlenden füttern zu lassen, mit dem ihr fehlenden Bisschen, an Ich-Stärke und Mut, wo soll er denn hin, durch die Rippen schwitzen etwa, Durchsetzungsvermögen, aus der Sehnsucht heraus nach dem Ganzsein vielleicht, danach, sich auch einmal voll-wertig, voll-ständig zu fühlen, ganz, ein Stück weit bloß, ist's dieses kleine Stück an männlicher Kraft immer wieder, das die Frau dazu bringt, auf den Mann ein-, mit Haut und Haar im Andern aufzugehen.

Und ich habe an ihr Buckeln denken müssen, an ihr lebenslanges Ihm-entgegen-Buckeln, das auf die unterschiedlichste Weise zum Ausdruck kam, sich täglich gegen Abend hin zuspitzte. Um die Zeit des Biereinkühlens herum. Nicht zu kalt und nicht zu warm, seiner gereizten Magenschleimhäute wegen. Das Helle lau in ihrer Hand. So, genau so, und nicht kälter, das wird wohl nicht zu viel verlangt sein. Gegen 18 Uhr etwa, als sie damit anfing, all die Dosen von draußen ins Kühlfach zu räumen, pünktlich, lange jedenfalls bevor sich sein Schlüssel im Schloss herumdrehte, als sie begann, nervös auf die Uhr zu sehen, hektisch hin und her zu rennen, von Zimmer zu Zimmer, um sich am End den Bügeltisch zu greifen, Bügeleisenstecker rein, der soll sehen, dass ich nicht herumsitze den ganzen Tag, den übervollen Wäschekorb, ach was, das geht sich bis zum Abendessen ohnehin nicht mehr aus, Bügeleisenstecker raus, was koch ich nur, was koch ich nur, das Bügelszenario im Schlafzimmer wie vergessen, als wär sie mittendrin gewesen, er braucht doch wenigstens einmal am Tag etwas Anständiges zwischen den Zähnen, ewig dieses Kantinenfutter, um dann wie jeden Abend auch heut bratend, brutzelnd, am End, medium, nicht so brettelhart und zäh, geht das, und eine Beilage, gibt's die auch, mit süßsaurer Miene, voll Abscheu motzend hinter seinem Rücken, glaubst du, das macht Spaß, das ist lustig, die Kocherei, ich könnt mir auch was Schöneres vorstellen als den halben Tag in der Küche zu verbringen, als wär sie da hineingeboren, da am Herd, an ihrem Stammplatz zu stehn.

Später vor dem Fernseher die beiden. Beim Sehen der Abendnachrichten. Zeit im Bild, Report, Weltjournal. Zusehen, wie sich die Welt dreht. Betrachtung dessen, was sich *Welt* nennt, grauenvoll, der Mensch ist eine widerwärtige Kreatur, und auf diesem Planeten leben wir, zum Speiben, auch sie kopfschüttelnd, ihm, dem Tonangeber vehement beipflichtend, zeitgleich mit ihm in die Schüssel langend, nach der nächsten Paranuss, magst du auch eine, sie ihm reichend, bittend fast, bitte, greif doch zu, hin reichend, die Nuss erst, dann gleich den ganzen Topf, ich brauch nicht mehr, hab schon genug, sein Na-hast-du-das-Gesehen, schau dir diese Emanzen an im Männeroutfit, mit ihren Kurzhaarfrisuren und alldieweil in Hosen, gleichberechtigt nennt sich so was, ein solches Gestell, und auch die Frau wie aufgezogen so-gar-kein-Schick-kein-bisschen-nett-angezogen, muss denn das sein, solche Grazien dürfen sich nicht wundern, wenn sie keinen abkriegen, ab-kriegen, ab-, was willst du, single, das ist heut modern, -kriegen, knackt die Nuss, ab-, knackt's einem lang noch im Ohr, Powerfrauen, wie das schon klänge, die alle könnten Schwestern sein, so wie die sich präsentierten, Phalanx im Männerlook, wie sie alle aufträten bei diversen Anlässen, Fernsehdiskussionen, als wollten sie sich aus der eigenen Haut herausschälen, am liebsten rausschlüpfen aus dem eigenen Ich, um jeden Preis Rock, Bluse und Kleid zu NoNos stempeln, angriffig fast, so kommt's einem vor, ein wenig unterschwellig aggressiv, als ob es etwas Schlechtes wäre, sein schönes Bein zu zeigen oder Knie, den offenen Blusenkragen, dass man sich schon gar nicht mehr traut als Frau, sich zu outen, zum Frausein, zu sich selbst zu stehen, weil offenbar schon der Ansatz eines Dekolletees ausreicht, die so hart erarbeitete Kompetenz zu untergraben, richtig, unüberbietbar das beipflichtende Grinsen des Mannes, als säße er am Stammtisch seines Bierlokals, und all die anderen zweifellos vorhandenen weiblichen Qualitäten, eine Hübsche mit schlanken Schenkeln hätte aus dem Emanzenblickwinkel betrachtet gar keine Chance, würde von all den neidigen Mannweibern gleich von vornherein abgestempelt, ohnehin nur in eine Schublade gesteckt, solche gingen viel lieber im Hosenanzug, nein, marschierten, hieß es, marschierten mit der Quotenregelung im Gepäck, straight forward, bei so manch einer würde einem regelrecht angst und bang beim Hinschauen, da müsste man zweimal überlegen, ist das jetzt ein Mandl oder Weibel, Kiesertraining oder nicht doch Pfeil und Bogen, linksrechtslinksrechts, und mitwandernd sein Gesicht als säße er grad als Zuschauer in Wimbledon, von einer gespreizten Hand zur anderen, *derartige* Schultern, bitte, nicht jeder Mensch ist halt für alles geschaffen, das war immer schon so, trampelten solche, trampeln, straight forward, hieß es, mitten in die Männerdomänen hinein.

Das Schwarz meiner Kleidung ließe mich alt aussehen, über Gebühr. Sagte Mutter. Nachdem der Assistenzarzt aus dem Zimmer gegangen war. Nachdem mir ihr unwirsch auf und ab wackelnden Zeigefinger gedeutet hatte, mich endlich hinzusetzen, auf einen dieser lehnlosen orangefarbenen Krankenhausplastikstühle, die da am Fenster standen, nein, nicht ans Fußende des Bettes, so weit weg, rück näher heran, komm her zu mir, hierher, gedeutet hatte, endlich Platz zu nehmen, unmissverständlich, das Klopfen der Mutterhand, ihr pausenloses, und noch ein Stück, ein Stückerl noch, pausenlos, das Schleifen, auf dem hellen Krankenhausfußboden, das Schwarze-Schlieren-Schleifen der mit dumpfem schwarzem Gummi besohlten Plastiksesselbeine, als ob's dafür ein Gesetz gäbe, es irgendwo geschrieben stünde, wie groß der Abstand zwischen Patientin und Angehörigen zu sein hätte, nicht genug, nein, noch ist's nicht genug, mach dir's bequemer, damit du besser zuhören kannst, flach ihr Klopfen, flach und bestimmt, ihr, mit der Handfläche, der flachen, Fest-auf-die-Matratze-Klopfen. Das Schwarz meiner Kleidung gäbe mir etwas von einer trauernden Witwe, sagte Mutter. Besonders vor dem Spitalweiß der Wand.

Ich habe daran denken müssen, dass ich mich dann also hingesetzt habe. Neben sie. Ganz dicht, ganz nah, und dass ich näher noch zum Krankenbett gerückt bin, näher hin. Genau so wie sie es wollte. Und dass ich, warum auch nicht, gedacht habe. Währenddessen, die ganze Zeit über, während meines Rückens, Näher-hin-Rückens, warum auch nicht, gedacht habe. Warum auch nicht. Weil es ja auch keinen Grund gegeben hatte, sich nicht zu ihr zu setzen, ans Bett, sich zu einer kranken Frau hin, ans Bett zu setzen, die noch dazu deine

Mutter ist, hab ich gedacht. Und was um alles in der Welt mich davon abhalten sollte, einer derart Geschwächten etwas Zuwendung zu schenken. Wie's auch normal ist für einen mitfühlenden Menschen, sich erst recht für eine gute Christentochter gehört, so ein Mindestmaß an Zuwendung, und Aufmerksamkeit, das im Grunde genommen auch allen Patienten zusteht, allen Hilflosen, eben weil sie hilflos sind und ausgeliefert, und auf das Wohlwollen Anderer komplett angewiesen. Und dass dieses Mindestmaß an Respekt insbesondere der eigenen Mutter ruhig entgegengebracht werden darf, hab ich gedacht, die es sich ja wohl auch verdient hat, mehr als redlich, dass man ihr zuhört ein bisschen. Dass nicht irgendwer, sondern das eigene Fleisch und Blut ein bisschen für sie da ist, ihr wenigstens im Notfall beisteht, an ihren Lasten ein klein wenig mit trägt, einer Seelsorgerin gleich. Krankenhausseelsorgerin, hab ich gedacht, die bedauerlicherweise auch nicht mehr für all die Bettlägrigen tun kann, als sich ihrer Sorgen und Seelennöte anzunehmen, aus Mangel an medizinischen Kenntnissen. Und der es ein Herzensbedürfnis ist, voll Hingabe und Aufopferungsbereitschaft die Leiden ihrer Mitmenschen zu lindern. Eben mit jenen Mitteln, die ihr zur Verfügung stehen, und das ist nun einmal Zuhören, Zuhören und nochmals Zuhören, hab ich gedacht, geduldig, Lebensgeschichten anhören, und so manchen Patientenrucksack schultern, hab ich gedacht. Und soll ich ihn, den ihren, auf meine Schultern laden. Ihn Wort für Wort, steinschwer ein jedes, weiterhin befüllen. Auf die Gefahr hin, dass er dich runterzieht, dir das Steinschwere den Boden unter deinen Füßen wegzieht, du sprachlos abgetaucht irgendwann, azurblaugrün, und zugemüllt in den azurgrünblauen Strudel kippst, nichts sagend am Gedankenwust würgend, der da hoch kommt, in dir unweigerlich hoch kommt, wenn die Frau dich ignoriert, schon beim Versuch, etwas zu sagen, deine Meinung abzugeben, den kleinsten Kommentar, sie dich einfach abwürgt. Im Ansatz schon. Wenn du ansetzt zum Sprechen. Aber. Dieses Aber-Ab-A, kennst du das, mit erhobener Rechten, als wolltest du aufzeigen, bitte Aber-Ab-A, in der Klasse, mit zum Vogel-V gespreizten Eselsohrfingern, du, bitte Ab, schluckst, am Abgewürgten, ununterbrochen, dem in der Kehle stecken gebliebenen Laut, kropfig am Kropf, dein Hals dick geschwollen, all die Ab-As runterschluckend, nach einer Ewigkeit erst ihre Aufforderung, was wolltest du gleich sagen, würd ich schreien, am liebsten, beim Gedanken an die kranke Mutter, und wie sie meine Hand, die linke, in den ihren gehalten hatte, die ganze Zeit über, die ich da im Krankenzimmer an ihrem Bett sitzend verbracht habe, meine Linke sicher umschlossen war, von ihren beiden Händen, sicher, und warm, auch ihr Atem, den kannst du riechen, so nah, die Hand, in den warmen Mutterhänden lag, beim Gedanken ans Kneten und Reiben, so bleib noch, du hast ja Eisfinger, eisig nasse, eiskalt schwitzend im Schweiß, so derartig durchgeknetet und –gerieben, beim Gedanken daran, ans Massieren, der Kindesfinger, Fingerlein um Fingerlein, Fingerleinwuzeln, Rollen, Warmblasen, sie an den Lippen warm blasen, hauchen, anhauchen, vom Muttermund warm geküsst, Fingerspitzenbussis, und trocken blasen, hätt ich schreien mögen, das Affenpfötchen aus der Umklammerung ziehen, reißen mögen, nein, halt!, die geliebte Kindeshand der Frau vor die Nase halten, nein, halt!, das Weibchen abhalten vom Anklammern, Eindringen ins tiefste Innere des geliebten Kindes, Affenkindes, unvermutet in der Redepause, erzähl mir von deinen Gedanken, von deinen Gefühlen, äffisch, lass mich teilhaben an ihnen, an deinem Leben, Affi, lass mich dein Affileben mit leben, eine Szene jetzt aus dem Film *Indiana Jones und der Tempel des Todes* vor Augen, das Entsetzen, das *Willie Scott* ins Gesicht geschrieben stand, als ihr im Palast von Pankot beim Dinner die Nachspeise serviert wurde, *Affenhirn auf Eis*, auch am Krankenbett das Gefühl, als machte sich da jemand ans Werk, um mit seinem Dessertlöffel in meinen Kopf einzutauchen, als hätte jemand die

Absicht, ein wenig von meinen Hirnwindungen zu naschen, im nächsten Augenblick, dringt's in mich, das Wort, zaghaft erst, dann drängend, in der Bewegung, Vorwärtsbewegung, dichter sich verdichtend, hart, zum steinharten Stück angewachsen, sich auswachsend, dringt sie, die Frau, durch jede Ritze, jede Öffnung, in mich, zum Fressen, das abgöttisch Geliebte. Bis ins Mark.

Natürlich hätte ich die Hand wegziehen können.

Unlängst im Fernsehen, in einer dieser besonders beliebten Nachmittags-Talkshows, ein etwa 40jähriger Junggeselle, bierbäuchig mit Schnauzbart, ein *Nesthocker*, so auch das Thema, der es bis jetzt noch nicht übers Herz gebracht hatte, von daheim auszuziehen. Die ihren *Jungbrunnen* begleitende Mutter beinah faltenfrei. Ein Kommentar aus dem Publikum auf die Frage, warum *bei Fällen wie diesem* denn offenbar so gar kein Wunsch nach Familiengründung bestünde, die verzweifelte Möchte-gern-Oma allem Anschein nach ihr Lebtag lang enkelkinderlos bleiben würde, mein Gott, der Mann sei halt bloß ein bisserl dankbar.

Natürlich hätte ich mir nicht die Hand halten lassen müssen, hätt ich mir nicht die ganze Zeit über, während meines Krankenbesuchs meine Hand umklammern lassen müssen. Hätte ich sie auch wegnehmen können. Aus der Umklammerung ziehen können. Der Mutter, die Kindeshand, vorsichtig, wegnehmen. Nicht entreißen, einfach nur weg-ziehen, die Hand. Weil sie ohnehin schon durchgeschwitzt war, in diesen beiden Händen schwitzte wie in einem Ofen, hätte ich sie selbstverständlich aus diesem herausnehmen können, aus dem Mutterofen heraus, sanft, sehr sanft. So dass das Weg-ziehen nicht notwendigerweise als Kränkung verstanden werden müsste, als Entfernen eines Teils von mir, als erstes Anzeichen für einen drohenden Rückzug meiner Person, missverstanden werden müsste. Oder gar als Zurückweisung der mütterlichen Liebe, deren liebevollster Bekundung, ohnehin nur in Form eines inniglichen zärtlichen Streichelns und Liebkosens, weswegen man sich nun wirklich nicht zu beschweren braucht, sich wohl kein Kind zu beklagen hat, und auch nicht beklagen wird, normalerweise. Würden sie alle gestreichelt, statt geschlagen, von wegen fast zu Tode, so sähe es auf dieser Welt wahrlich besser aus. Ich habe also das Zetern und Klagen der Patientin gehört, in Gedanken selbstverständlich nur, es mir in meiner Vorstellung genau ausgemalt, wie sie, zeternd und klagend schon beim geringsten Distanzversuch, die Mutter, zeterte und klagte.

Paul. Die Email an Paul nicht vergessen. Ihm Nachricht geben bezüglich des *Drehscheibendefekts*.

Mittwoch, 19. Oktober (15.30 Uhr)

Mutterkind

Und natürlich könnt ich mich mit ihm beraten. Ihn, den Kindsvater, der ja auch betroffen ist, wie's immer so schön heißt, und nicht nur am Rand, mit einbeziehen in den Entscheidungsfindungsprozess, ihn hereinholen ins Boot, mit einem Satz die Sache zu der unseren machen. Was sollen wir jetzt tun, so ganz in diesem Stil, könnt ich das Thema von mir wegschieben, praktischerweise zur Diskussion stellen, ohne lang zu fackeln, indem ich Paul involviere, ihn, was meinst du, frage, ihn, den Mann, der ja schließlich der Kindsvater ist und nicht irgendjemand, nach seiner Meinung frage, oder noch besser, du, soll ich, darf ich, frage, oder, könnt ich vielleicht, am besten gleich nach seinem Sanctus frage, du, bitte sag doch, wie soll's mit mir und diesem, meinem Körper weitergehen.

Wenn es dabei aber doch gar nicht um ihn geht, ja nicht mal ums ungeborene Kind geht. Wenn's dabei doch ausschließlich um mich, den Menschen, die Frau dahinter, hinter diesem brütenden Leib geht, und darum, ob ich es überhaupt ertragen kann, mich zur Verfügung zu stellen, neun Monate lang, überhaupt ertragen muss, mich verwenden zu lassen, ihn, diesen Leib als Mittel zum Zweck, mich als Objekt, Mutter-Objekt brauchen, nein ge-brauchen zu lassen. Beim Wort allein schon, unwillkürlich das Bedürfnis, auf dem Absatz umzudrehen, stante pede, die Beine in die Hand zu nehmen, lauf lauf, in Anbetracht dessen, was sich da in mir aufbaut, urplötzlich, auftürmt, wie aus dem Nichts heraus, turmhoch wie damals beim Heimkommen aus der Schule, als ich, das Unheil schon ahnend - bedrohlich diese Ruhe in der Wohnung -, noch rasch die Tasche auf die Vorzimmertruhe stellte, hungrig, nein, nicht mal ein Gedanke, was gibt's denn heute Gutes, geschweige denn ausgesprochen, ein solcher Satz, dann dieses Rufen aus der Küche gehört habe, jammernd, klagsam, jedenfalls in derart eigentümlichem Ton, dass sich alles in einem zusammenzieht, der Mageninhalt zum Dünndarm hin, das gerade eben Gegessene (was auch immer, ein Big Mac, Junk Food aus lauter Heißhunger auf dem Nach-Hause-Weg) rasch rasch abwärts zieht, der Brei dann wie eine riesige Welle zurückschwappt in Richtung Speiseröhre, ganz flach der Bauch jetzt, tsunamiartig, auch der Schweiß am Steiß, an den Händen, beinah wieder hoch schwappt, angesichts des Szenarios, das sich einem darbietet, endlich bist du da, die Frau an der glühenden Küchenheizung kauernd, die eine Hand hilfesuchend ausgestreckt, mit der anderen den Wärmespender streichelnd, bleib, geh nicht weg, bleib wenigstens du, sich an ihn randrückend, wie ein Kind, auf der Suche nach Sicherheit, Geborgenheit, er war so bös zu mir, so böse, heulend, die Mutter, das mit so bösen, aber so bösen Worten zusammengeschlagene Kind, hilf doch hilf, mit dem Klammerarm wedelnd, wenn ich dich nicht hätte, sich an die Stütze hängend, sich förmlich ins sie hineinkrallend, nein du wirst mich nicht verlassen, du nicht, hängt sich's, das Mutterkind, krallt sich's dem eignen an den Hals.

Diese innere Leere, die sie erfasste, sobald er gegangen war, ganz gleich zu welcher Tages- oder Nachtzeit, die Kinder in der Schule, bei Freunden zum Lernen oder sonst wo, sie ganz alleine war, mit sich selbst, ihrer Angst vor Einsamkeit, vorm eignen Fühlen, groß und schwarz das Loch, in das sie dann unweigerlich hineinfiel und also auch diesmal (weil das ist immer so, noch nie anders gewesen) wie von einem Strudel aufgesogen regelrecht, selbst-los aus sich selbst heraus gefallen war. Ein Selbstloses ständig auf der Suche nach einer Beschäftigung, einem Tun, Machen, ununterbrochen in der Wohnung herumwandernd, ständig irgendetwas irgendwohin räumend, waschend saugend wischend, und auf zum nächsten Fleck, mit dem Wischtuch bewaffnet oder einem Wedel andauernd in Bewegung bleibend, tuend, machend, was mach ich nur was mach ich, bis er wiederkommt, bloß um sich nicht spüren zu müssen, sich selbst, sie, die Schwärze, ihr Nagen, bleib doch noch ein wenig, geh noch nicht, die Hand der Frau beim geringsten Anzeichen des Aufbruchs am Oberarm der Freundin, des *Besuchs*, bleib doch, auf diese Weise auch der Mann fortgetrieben, nur fort, sie ihm nach, ihr Hinterherlaufen überall hin, selbst ins Badezimmer, lass mich, wann kommst du wieder nach Haus, flehentlich, und wie sie einen anspringt regelrecht, die Erinnerung an jene ins Internet gestellte Zeichnung (bei einer Recherche einmal), das in die Holzscheune gesperrte und dort weiße Kreideherzen an die Bretterwand malende Kind, so flehentlich dieses Mädchen, Lieb-mich-doch-Herzen malend, lieb mich doch, überall hin, Herzen, mit dem Kugelschreiber, ins Schreibheft, Zierzeilen, Herzchenzierzeilen, Lieb-mich-doch-Kugelschreiber-Buntstift-Zierzeilen, rosarote, in allen Farben, Zierzeilenherzen malend, sie kräftig ausmalend, mit rosarotem Filzstift, und saftig, lieb mich doch, das Rosarot ins Papier drückend, dem Papierweiß, dem blanken, fest und saftig rosarote Punkte aufdrückend, um den Saft zerfließen zu sehen, das rosige Rot im Weiß, im blanken, kalten fließen zu sehen, wie Blut unter der Haut, ganz rot und warm, wie's wohlig pulsiert in den Adern, als lebte da etwas ganz plötzlich auf in ihm, fühlst du es?, als fühlt' es sich mit jedem Filzstifttupfer wohler, Blumiges, mit jeder Aufforderung, Geste, so hab mich doch lieb, wirst du wohl, das Blühen rosiger, voller noch im Bauch, das Mutterkind für mich so durch und durch verloren, in seiner Verlorenheit mit aller Kraft am Kind nagend, und später nagender noch, an der Kindmutter so derartig haltlos, halt, geh nicht, hilf, hilf mir doch, nach Halt gierend, greifend, das einzig Greifbare packend, nach ihm schnappend, schnappt sie sich's, das Kraftspendende, Haltspendende, du bist doch mein Kind und wirst immer mein Kind bleiben, gurgelt's, aus dem Kindskopf, die Boje schon beinah vollständig unter Wasser, dein ganzes Leben lang, ein Gurgeln, ein Röcheln, ein solches. Abgrundtief.

Und natürlich könnt ich Paul um Hilfe bitten, nichts leichter als das, als ihn, den ohnehin von morgens bis abends konstruktiv und projektbezogen Denkenden auch noch mit dieser, ausnahmsweise ihn höchstpersönlich betreffenden Problematik zu belasten, und ihm eine Lösung abzuverlangen, nichts leichter als das, als ihn vor die Wahl zu stellen, ihn mit all meinen Fragen, Ängsten zu bombardieren, was machen wir dann, du, ich, wenn das Kind, unser Kind nicht wachsen kann, gehandicapt auf die Welt kommt oder chronisch krank, sein Leben lang versorgt werden muss, was machst du dann, könnt ich zu Paul sagen, wenn's bedürftig bleibt, ununterbrochen, rund um die Uhr, auf dich und deine Unterstützung angewiesen bleibt, wenn's ohne Unterlass oder Rücksicht auf deine Verluste an dir klebt, könnt ich sagen, regelrecht, aus Mangel an eigener Kraft an dir, an mir, an uns kleben bleiben muss, was machst du dann, wenn sich nichts mehr um dich dreht, in deinem Leben, sich plötzlich alles nur mehr um dieses Kind dreht, um dieses kleine ausgelieferte Etwas dreht, das man ja nicht im Stich lassen kann, doch nicht einfach so, hilflos wie's dann ist, verlassen kann, selbst wenn man wollte, dieses Wollens und Brauchens wegen (in einer Tour streckt's ein Ärmchen aus oder alle beide dir entgegen), seines andauernden, ununterbrochenen, tyrannischen Zeterns, Nörgelns, Jammerns wegen, nichts ist genug, was du auch tust, nichts ist jemals genug, was machst du dann, als Einverleibter, was machst du dann, wenn's kein Ende nimmt, das Schreien, es sich nicht und nicht beruhigen lässt, nicht stillen lässt, das Kind, das ausgehungerte, Schreikind, wenn's nach Streicheleinheiten giert, nicht weggehen, weg von mir, aus dem Zimmer gehen, lass mich nicht allein im Dunklen, wenn's immerzu deine Anwesenheit fordert, das tägliche Soll an Zärtlichkeit einfordert, brüllend, zwölf Stunden durchbrüllend, um sein Recht brüllend, und um nichts weiter. Als sein Mindestmaß.

Eine richtige Frau ist angeblich eine, die für die Bedürfnisse der Anderen aufkommt, hieß es, statt auf die eigenen einzugehen, könnt ich zu Paul sagen. Eine, die Andere erstarken lässt, ihnen beim Wachsen und Werden zusieht, und dabei leidenschaftlich sich selbst gibt, voll Begeisterung und zu hundert Prozent sich selbst hin-gibt, sich bis zum Geht-nicht-Mehr aufopfert, als Opferlamm zum Wohle der Andern jegliches Wünschen, jede Vorstellung vom eigenen, selbst bestimmten Leben beinah vollständig aufgibt (Was hab ich nicht alles für euch....). Einer wirklichen Frau, hieß es, heißt es, macht das sogar Spaß, als Allerletzte in der Reihe zu stehen, bitte nach Ihnen, oh, ich habe Zeit, gehen Sie nur, bei welchem Anlass auch immer hinten an zu stehen, könnte ich sagen, und dass er sich als Mann demnach mit Fug und Recht hinter seinem wichtigen Job verkriechen dürfte, aus der Affäre ziehen, klammheimlich, still und leise, ohne dass es befremdlich wäre, irgend einem Menschen negativ auffiele, denn wo ist das Problem, der Mann macht doch nur seine Arbeit, einer muss ja schließlich das Geld verdienen, zum Stillen ist er ja schließlich nicht geboren, aber das werden sie ihm auch noch umhängen, eines Tages, bedauerlicherweise, auf diese Weise wegstehlen, könnt ich sagen, bedauert von Gott und der Welt, der Arme, was muss er nicht alles leisten für sein Geld, und dann dieser Stress als Projektleiter, nein leider, keine Zeit zum Fläschchenwärmen jetzt, mach du das lieber, ein Kind gehört ja schließlich zur Mutter, hör ich Paul schon sagen, könnt ich bereits jetzt all die Ausreden aufzählen, die *mann* ja oftmals geschickt aus dem Hut zaubert, wenn's auf seine Unterstützung ankommt, und die möglicherweise auch Paul aus dem Hut zaubern würde, um im Endeffekt fein raus zu sein, und als großer Ernährer, denn einer muss ja, lieber in superwichtigen Analysen, Kalkulationen, Cashflows, Deckungsbeiträgen, durchschnittlichen Auslastungen (... weißt du, was dabei alles ins Auge gehen kann, eine haarige Angelegenheit, aber du hast ja gar keinen Schimmer, wie..., da lob ich mir das bisschen Breifüttern ....) und wer weiß, worin sonst noch allem zu ersticken.

Mein Denken ans Kind in meinem Leib von der Art, wie ich gerade eben an die Mutter gedacht habe, hör ich mich schon sagen, Paul, früher, mein Sorgen, ums Mutterkind, das wird schon wieder, jetzt komm erst mal hoch, steh auf, ich mach dir einen Tee, mein Vorsorgen, hast du schon etwas gegessen, und Rettungspläne Schmieden, nicht mehr weinen, der kommt schon wieder, mein Rettungspakete Schnüren, wir werden das schon schaffen, gemeinsam, zur Mutter-Kind-Rettung, das Du mit dem Ich Festschnüren, du und ich fest zusammen geschnürt, jetzt schlaf dich erstmal aus, Kindmutter rund um die Uhr, Paul, und immer mit diesem ängstlichen Ziehen in den Schenkeln, der Vorstellung von einem erneuten Zusammenbruch da in der Küche, unterm Fenster an der Heizung, sie, es, das ewig klein gebliebene Mutterkind könnte da am Küchenheizungsplatz vor Stunden schon (wer weiß, wie lange sie da hockte) zusammengebrochen sein, Paul, aus dieser mörderischen Angst heraus, mutterlos plötzlich da zu stehn, im falschen Selbst ein Leben lebend, denk ich, Paul, ans Kind in meinem Leib, um das ich mich doch kümmern soll, eines Tages, rührend, bedingungslos, wie's doch sein soll, ich mich schon gekümmert habe, Paul, wie ich mich doch längst um ein Kind, ums Mutterkind gekümmert habe, Paul, mein Dasein auch in Zukunft nichts als die Fortsetzung eines Rollenspiels, als ich, tagaus tagein im falschen Selbst, verkümmert immer mehr vom An-die-Mutter-Denken, vom Ans-Kind-Denken, ans Mutterkinddenken vor mich hingekümmert bin.

Kümmerlich auch die Rolle der Schülerin. Den Klassenkameraden entwachsen, dem Gelächter preisgegeben, kaum machst du deinen Mund auf beim Vorlesen, Referieren da vorn an der Tafel, du allein, mit blutroten Backen schwebend, hoch überm Gesichtermeer drüberschwebend, den grinsenden Fratzen, wäwäwä, kaum ist der Lehrer zur Tür hinaus, wäwäwä, im Pausengewühl verschwunden, fangen sie an mit dem Äffen, wäwä Blade Nachäffen, wä, schau dir die Blade an, wäwä spottend, fangen sie an mit dem Austreiben, mit dem Spotten, fangen sie an mit Spott dem Kind die Mutter auszutreiben, hölzern wie ein Hampelmann, ein Zündholz hier, ein Zündholz da, was ist das schon, oder auch mit dem Feuerzeug, sperrangelweit aufgerissen sämtliche Toilettenfenster, der Atem des Klassensprechers nach der großen Pause kalt wie ein Aschenbecher, fangen sie also an mit dem Verbrennen, damit, ihr, der ewig Braven all ihr Wissen auszubrennen, dieses voll uncoole Immer-besser-als-wir-alle-Wissen, glaubst, du bist was Besseres, ewig dieses oberg'scheite Herumvernünfteln, eine solche Spielverderberin bist du, Spaßverderberin, gehst wahrscheinlich in den Keller lachen, bei jeder Gelegenheit, na kein Scherz, kein Witz, ja super, und wieder ein *Sehr gut* auf die Schularbeit, Vorzug eh klar, fangen sie an, die Einser aus ihr raus zu brennen, ein für alle Mal, das altklug Belehrende, und natürlich zeigt die schon wieder auf, na wart nur, wenn's schon nicht anders geht, wir werden's dir schon austreiben, heiß, gell ja, heiß, die Flamme am Oberschenkel, während des Unterrichts, wieso, ich war's nicht, ich weiß nicht, wieso die so schreit, die Jeans ganz schwarz von der Flammenspitze, da kann ich ja nichts dafür, wenn's glüht während des Unterrichts, an deinen Kniekehlen, Waden, Pobacken glüht, und sie versuchen, dich auszudämpfen, dich, es, das Fremde, Elterliche, Ältliche, zu früh, viel zu früh Erwachsene in dir. Scheinbar versehentlich, wie im Vorübergehen, mit einem Zigarettenstummel einmal.

Typischer Fall von *Parentifizierung*, sagte die Therapeutin. Man könnte auch von Rollenumkehr zwischen Eltern und Kind sprechen. Verstehen Sie, die elterliche Bezugsperson erwartet, dass ihr das Kind als Bindungsobjekt zur Verfügung steht. Solche Kinder, meistens die übersensiblen, weniger durchsetzungsfähigen, unternehmen alles, um der ihnen zugedachten Mama-Papa-Rolle gerecht zu werden, und stellen zu guter Letzt auch noch ihre eigenen Bedürfnisse hintan. Sie kramte in der Schreibtischlade herum. In manchen Fällen habe das schon bis hin zum Verlust jeglicher Freude und Spontaneität geführt. Deshalb sei das Verhalten eines solchen Kindes in der Klassengemeinschaft auch oftmals unecht und hölzern. Richtig marionettenhaft. Ja, sogar komisch manchmal. Aber ob man hier tatsächlich von *Überlebensstrategie* sprechen könnte, davon nämlich, dass das Kind angeblich keine andere Wahl gehabt hätte, als derartig unangemessen über sich selbst hinauszuwachsen, wie's ja mittlerweile überall propagiert würde, dauernd, überall finden Sie dieses Wort, *Über-lebens-strategie*, sagte die Therapeutin, darüber ließe sich ihrer Meinung nach streiten. Denn schließlich hätte das Gros der Betroffenen auch seinen Nutzen davon gehabt. Ja, *Nutzen*, Sie haben richtig gehört. Niemand verböge sich umsonst im Leben. Kein Mensch. Ein Aff müsste sich schließlich auch etwas einfallen lassen, um die Banane, die hoch oben an der Staude hängt, zu erreichen. Nicht wahr. Sie begann, das Papier von der Süßigkeit in ihrer Hand abzuschälen. Fügte mit aufgerissenen Augen, hochgezogenen Brauen noch, sich also *aus-strecken* nach der Banane, hinzu. Ein bisschen Kraxeln hätte noch keinem geschadet. Aber man könnte natürlich auch warten, bis das Ding irgendwann einmal herunterfällt. Na, sie biss in die Kindermilchschnitte hinein, da warten Sie oft lang.

Mittwoch, 19. Oktober (18 Uhr)

Nelumbo nelumbo

Gegen die Strömung kommst du nicht an. Gegen die Strömung zu schwimmen wäre Wahnsinn.
 Bullies. Sie bauen sich vor den Klassenzimmern auf und verpassen denen, die durch wollen eine ordentliche Abreibung. Na warte, jetzt kriegst du's. Nicht allen, nur den Kleineren, Jüngeren, Schwächeren. Hast' mich jetzt endlich, hast du mich. Damit sie *es*, ihr Kleinsein, Jungsein, Schwachsein auch ein für allemal *behirnen*.
 Sie rempeln sie an, ziehen und zerren an ihnen, stoßen die vor Schreck fast Erstarrten von einer Seite des Ganges zur anderen, da fang, fassen sie, fass, wie und wo sie sie zu fassen kriegen. Aber was ist das schon. Das ist doch gar nichts, nichts als ein harmloses Willkommensritual für die Neulinge. Erstklassler eben. Hände an die Ohren, Ellenbogen vor die Brust und Luft anhalten, dann halt eben die Luft an die paar Meter, zu unserer Zeit war's auch nicht anders. Morgens, kurz vor acht, und sie fassen dich an, wo sie dich zu fassen kriegen, duck dich, Augen zu im Sog, wenn dich die Strömung mitzieht, kalt warm geben sie dir, grapschen ihre Hände, komm komm, ein bisschen Spaß hält man schon aus.
 Am Ende des Spaliers plötzlich eine Pranke an deiner Gurgel. Ein Hüne, fast schon Oberstufe, steht neben seinem jüngeren Bruder, den sie auf Grund seiner schmächtigen Statur zur Warnung vor dem Lehrer (Tschief, Achtung, der kommt!)

an die Klassenzimmertür gestellt haben. Ihr seid alle gleich, euch Streber kann man riechen, sagt der Tschief-Schreier da an der Klassentür neben dem Riesenbruder, und mit unersättlichem Grinsen, ihr riecht anders, auf hundert Meter gegen den Wind. Mein Bruder könnte dich zerquetschen, für eine wie dich reicht ihm die Linke. Und wenn er will, hebst du vom Boden ab, Pilzkopf, roter.

Ja, rot, quallig rot, treibt's dir die Augen aus den Höhlen. Hanteltraining nach der Abreibung, das ist nichts, aber schon gar nichts ist das, zu unserer Zeit. So leicht erstickt man nicht. Aber es könnte wirklich nicht schaden, vielleicht doch etwas öfter ins Schwimmbad zu gehen, um dort endlich tauchen zu lernen, sich im Luftanhalten zu üben. Stell dir einfach vor, du bist auf einer befahrenen Straße, da atmet man auch nicht in tiefen Zügen ein, sondern versucht, mit dem bisschen Sauerstoff auszukommen, das man in Reserve hat. Ein Bully fühlt keinen Schmerz. Nicht heiß, nicht kalt. Echt, wie in diesem Film, sagt der Tschiefer, mein Bruder kann den Arm über die Flammenspitze halten, bis die Haut aufplatzt.

Ein echter Bully weidet sich am Winden des Wurmes, den er in den Klauen hat, schaut ganz genau hin, wenn dessen Enden nach dem Zerteilen mit der Suppenlöffelspitze panisch auseinander laufen. Bully-Spalier. Gegen die Strömung kommst du nicht an. Gegen die Strömung anzuschwimmen wäre Wahnsinn.

Die Lotosblume, Nelumbo, auch Lotus genannt, ist die einzige Pflanzengattung in der Familie der Lotosgewächse. Nelumbonaceae. Lotosblumen sind ausdauernde, krautähnliche Wasserpflanzen mit sogenannten Rhizomen, Lotoswurzeln. Diese werden wegen ihres hohen Stärkeanteils in weiten Teilen Asiens gerne als Salat oder als Beilage gegessen...

Ich kann nicht, bleibe liegen. Biologie-Referat in der zweiten Stunde. Eigentlich könnte ich alles auswendig heruntersagen, Seite 45 bis 46 aus dem Buch. Auswendig, aus dem Gedächtnis Zeile für Zeile ablesen. Wo, wo liest du das ab, da ist doch nichts. Als hätte ich die Seiten fotografiert und spulte sie nach Belieben vor dem inneren Auge ab, so geht das. Nelumbonaceae, Seite 45, zweite Zeile Mitte. Erzähl keine Geschichten. Doch, ich müsste eigentlich nur auf den Knopf drücken, auf den Bio-Referat-Knopf drauf drücken und das Stichwort sagen, Nelumbo. Werd ich abgelenkt, verlier ich rasch den Faden.

Der Tschiefer ist winzig. Nicht nur im Vergleich zu seinem älteren Bruder. Im Vergleich zu uns allen ist der Tschiefer ein Zwerg, den die meisten in der Klasse um einen Kopf überragen. Mindestens. Aber er ist auch erst zehn. Gebrandmarkt, sagt der kaufmännische Leiter. Man hüte sich vor den Gebrandmarkten. Mathematik kommt vor Biologie. Der weiße Kittel des Mathe-Lehrers, als käme er, um eine Experiment mit Laborratten durchzuführen. Sein Lachen wie das eines Kindes, dem es Vergnügen bereitet, die Züge seiner Spielzeugeisenbahn zum Entgleisen zu bringen. Jede Stunde Hausübung. Vier Beispiele bis zur nächsten Woche. Ha-Ü, hast du Ha-Ü gemacht. Der Tschiefer läuft weinerlich neben mir her, geh bitte, kurz nur, das dritte und vierte, na geh, sei nicht so, wie immer mit irgendwem mitlaufend, mich am Oberarm zupfend, ich hab's vergessen, nur dieses eine Mal, Tschief, zischend, mach schnell, der kommt schon, gib her, das geht sich noch aus…

Augen, Mund und Nase wie aus dem Gesicht des Bully-Bruders gerissen.

Da darf man nicht gleich davonrennen. Das weckt bloß den Instinkt. Jede Mathe-Stunde das Gleiche. Mein Ja-Sagen. Na gut, weil du's bist, gern, natürlich, macht ja nichts, wie immer Eh-klar-Sagen. Flehentlich, bettelnd fast schon. So, als ob sich der Spieß umgedreht hätte, nicht er mich, sondern ich ihn um einen Gefallen bitten würde. Darf ich dir behilflich sein und dir auch heut, zum 100. Mal die Hausübung nachtragen? Keine Ursache, hab ich gern gemacht, komm bald wieder, mein Lieber, stets für dich da. Als ob ich versuchte, ihn mir zum Freund zu machen, mit allen Mitteln, da schau, gutes Leckerli, um jeden Preis, braver Hund, komm schön, komm, einen Bull-Terrier friedlich zu stimmen, feiner Keks, ein so ein feiner Keks, Ha-Ü gemacht, ja, jetzt siehst du, dass ich dir nur Gutes will, ein so ein feines Leckerli, als ob ich allen Ernstes vorgehabt hätte, diesen Bull mit einem Keks umzustimmen, Ha-Ü Ha-Ü gemacht, so was Lächerliches, um mir auf diese Art sein Wohlwollen zu erarbeiten, die eigene Gutartigkeit unter Beweis zu stellen, aber ich will doch nur, ich hab doch nicht, hier nimm das Heft, um jeden Preis den Köter vom Zubeißen abzubringen...

Der kaufmännische Leiter reißt die Bettdecke weg. Von wegen, krank, Übelkeit, zu Hause bleiben, immer das gleiche Gejammer, Geseres, nicht die geringste Ahnung, was es bedeutet, Verantwortung zu übernehmen, nicht den Deut einer Vorstellung von der Härte des Berufslebens. Was gäbe er darum, was gäbe er, wenn er auch nur einen einzigen Tag lang *diese* Sorglosigkeit und Unbeschwertheit genießen dürfte, wie sie einem in der Kindheit und Jugend zuteil würde. Wenn ich's doch nur einmal so gut hätt, ein Leben wie junge Hunde habt ihr!

Nelumbo. Die Gattung enthält nur zwei Arten: die indische und die amerikanische Lotosblume. Der Tigerlotus oder Weiße Ägyptische Lotus ist eine Art in der Gattung der Seerosen in der Familie der Seerosengewächse und ist mit dem echten Lotos nicht verwandt...

Keinesfalls kann ich, könnt ich's ihm sagen, was mir an die Magenwände schlägt, jeden Morgen. Könnt ich ihm von dieser Angst erzählen, die mir steinschwer im Gedärm herumliegt, besonders morgens, jetzt frühstücke halt endlich etwas Leichtes, Vollwertiges, nicht ewig dieses fette Zeug, da muss einem ja schlecht werden, von dieser Angst, die mir jegliche Energie abzieht, das Blut aus dem Kopf heraus zieht, wie Mus mein Denken, inhaltsleeres Kreisen schon seit Stunden, eingekrampft seit vier oder fünf Uhr Früh, stundenlanges Wachliegen, kennst du das, könnt ich sagen, wenn Satz für Satz verpufft, und du zusehen musst dabei, wie sie deinen Schädel ausbläst, die Angst, das dottrig Gelbe zum Schwarz verklumpt, übel verstopft, sie den letzten Rest aus dem Kopf, Ostereier-Kopf durch's punktkleine Loch bläst, als geballten Horror in deinen Darm hinunter bläst, keinen Bissen krieg ich runter, keinen Bissen, schwarzklumpig schwer, die Angst in dir drin, tierisch nagend, dich annagend von innen her, wie ein ungeheures Tier, meine Ohnmacht, so ungeheuerlich lähmend, hörst du, hallo, hörst du mich, könnt ich sagen. Wie nur, wie...

... mich sichtbar machen, von der so fremden Anderen - hallo ihr, seht ihr mich, schaut doch her - gleicher, hin zur Gleichen machen...

Schaut euch doch ihre Sandalen an, Billigsdorfer, Elefantenschuhe! Mit abgespreizten Armen watschelt der Tschiefer in der Pause nach der Mathe-Stunde durchs Klassenzimmer. Das geborgte Heft liegt wieder auf meinem Platz. Ha-Ü Ha-Ü, die Klasse lacht. Ohne Vorwarnung das Hereinrollen der Biologie-Lehrerin, zeitgleich fast mit dem Läuten. Ertl, setz dich nieder! Na wart, das kriegst du zurück. Ich verstecke den Kaugummi unter der Zunge. Wrigley's Spearmint, der nicht die größten Blasen macht. Der Mob zischt böse, wenn er sich getreten fühlt.

Ti devo ammazzare, Pauli, wird der ständig verkühlte Bodyguard des Paten noch gefragt, kurz bevor man ihn hinterrücks erschießt. Soll ich dich abschlachten? Ich will das Schwein nicht mehr sehen, so die Worte des ältesten Sohnes Santino, der Pauli des Verrats an seinem Vater bezichtigt und auf bloßen Verdacht hin umbringen lässt.

Der Pate, erster Teil. Eine Sündenbocksuche. Was habt ihr denn bisher schon geleistet in euerem Leben, das bisschen Schulegehen, gar nichts, aber nicht das Geringste, fresst einem nur die Haare vom Kopf. Ausmerzung regelrecht.

Das Besondere an den schildförmigen Laubblättern des Lotos ist, dass sie flüssigkeitsabweisend sind. Das Besondere an den schildförmigen Laubblättern des Lotos ist, dass sie stets sauber bleiben, und sich keine Pilze oder andere Organismen auf ihnen bilden können, die der Pflanze schaden...

Ich werde ihn ansehen während des Referates. Ich werde dem Tschiefer, der irgendwo in der vorletzten Reihe hockt, direkt ins Gesicht sehen, wenn ich sage, was man unter einem *Lotoseffekt* versteht, und wie dieser Effekt zustande kommt. Ich werde dem Tschiefer mitten in die Augen sehen, mitten hinein, wenn ich sage, dass das Wasser von der Oberfläche der Pflanzenblätter einfach abperlt. Dass die Regentropfen einfach von den Lotusblumenblättern ab-perlen, ab-prallen, verstehst du, werde ich sagen, samt Schmutzpartikeln und dem ganzen Dreck prallen sie von den Blättern ab, werde ich sagen und nicht wegsehen dabei, auf Grund einer hochkomplexen mikroskopischen und nanoskopischen Oberflächenarchitektur, und ob er das verstanden hat, werde ich ihn fragen, sicherheitshalber, ob auch alles klar ist, ob ich das auch verständlich genug rübergebracht habe, sodass man sich's auch merken kann, verstehst du, werde ich sagen, so dass du's dir auch merken kannst, auch merken wirst in Zukunft, ein für allemal, werde ich sagen, bestimmt. Würd ich gern.

Ich hör schon, wie er aufzieht. Ich hör schon, wie er den Schleim von weit hinten aus dem Rachen holt, wie er ungeheure Mengen von ganz weit oben, aus den Stirnhöhlen tief nach unten zieht, wie immer, wenn ich etwas gewusst habe, nach einer geglückten Prüfung, Antwort, ganz egal, wird er auch diesmal spucken, vor mich hinspucken, zu meinen Füßen aus, am Ende der Stunde, wenn's keiner sieht, heimlich, auf dem Nach-Hause-Weg, im Schulhof, ein so ein Schlatz, na pfui, ausspucken vor mir, Strebsau, blade. Mich an.

Schon auf dem Sprung ins Büro schwingt der kaufmännische Leiter die Tennistasche über die Schulter. Die Frau zu seinen Füßen kniend, ihm noch rasch die schwarzen Schuhe mit einem feuchten Tuch abwischend. Die sollen doch glänzen. Selber Schuld, kein Mitleid. Was musst du auch immer so gut sein in der Schule. Er wüsste wovon er rede, in seiner Buchhaltung hätten Vorzugsschüler keinen Platz.

Donnerstag, 20. Oktober (0.45 Uhr)

Every sperm

Kinderlose, Singles, das haben wir schon gern, hieß es. Solche sollten sich besser zurückhalten. Wenn das Thema Nachwuchs, Kindererziehung diskutiert würde, hätten solche Leute einfach kein Recht, ihre sogenannte Meinung abzugeben (Man wird ja wohl noch...), ihren Senf dazu. Hätten solche Leute einfach kein Recht, einem ungebeten, ungefragt die ach so gut gemeinten Ratschläge in die Suppe zu spucken, von ganz weit oben, versteht sich, aus dem zehnten Stock des Elfenbeinturms, gut gezielt und voll getroffen wieder mal, und mitten hinein in den Napf, aus einer supersicheren Randposition.

Es ist ja nicht so, dass ich mich nicht schon längst konfrontiert hätte mit dem Fall der Fälle. Damit, wie's mir mit dem Sitten eines Säuglings geht. Jetzt schau doch in die Kamera, aber nicht so verbissen, ich möchte ein Bild von euch machen, von dir und der Kleinen. Hier, nimm sie mal, hatte die Cousine eine Woche nach der Geburt ihrer Tochter gesagt, und mich in den Fernsehsessel gedrückt. Schwitzt du, du schwitzt ja, deinen Wangen sind ja ganz fleckig. Und es ist wirklich nicht so, dass ich mich und meine Reaktionen nicht schon längst sehr genau unter die Lupe genommen hätte, damals schon, vor Jahren gründlich geprüft hätte, was ich empfinde, ich, im Leiner-Fernsehsessel mit hochklappbarem Fußteil. Ich, mit Baby im Arm. Heiß klebt hier das Leder an der Unterseite der

Schenkel, fühlt sich so feucht an, missverständliches Knattern beim geringsten Rühren, ungut wirklich, sie hat grad getrunken, und frisch gewickelt ist sie auch, du kannst dich ruhig bewegen mit ihr, aufstehen, herumgehen und so. Nicht, dass ich's also nicht schon längst probiert hätte, ausprobiert hätte, ehrlich, eine ganz eine Süße bist du, eine Süße, die Probe aufs Exempel gemacht.

Ich komm gleich wieder, hatte die Cousine gesagt, und schon fixfertig angezogen mit dem Schlüsselbund in der Hand geklimpert. Und ob es mir eh nichts ausmachen würde, kurz auf die Kleine aufzupassen, sie wollte nur auf einen Sprung in den Supermarkt gehen, nur ganz kurz, eine halbe Stunde maximal, dann bin ich wieder da, das ist doch ok für dich, nicht wahr, so ein kleiner Hupfer hinunter ans Eck. Ich könnte ihr sogar zuwinken, vom Fenster aus beim Einkaufen zusehen, wenn ich wollte, lang dauern würde das wirklich nicht. Und außerdem schliefe die Kleine ohnehin ganz fest, wäre völlig erschöpft nach dem Trinken. Schau sie dir an, die wird sich nicht rühren, bestimmt nicht einen Muckser machen, hatte die Cousine gesagt, und ich versprech's dir, und auf meine Frage, was ich tun sollte, falls doch, stillen, lachend, na ja, dann stillst du sie, gesagt. Ihr Danke-gell-Danke kam aus der Ferne, hallte schon im Stiegenhaus.

Können Sie die stille Zufriedenheit eines schlafenden Kindes nicht ertragen, so die Therapeutin auf meine Erzählung hin, das bloße Da-Sein, Hier-auf-der-Welt-Sein einer reinen Seele, ohne die geringste Verpflichtung zum Tun, stört Sie das?

Dann, als die Tür ins Schloss fiel. Was soll denn schon passieren, hab ich gedacht, eine Zeit lang, was soll denn schon Großartiges sein, ununterbrochen, was schon, andauernd, es ist ja nichts, wie um mich zu beruhigen, braves Mädchen, ohne Unterlass, nur ja schön still sein, denken müssen, und wie zart und winzig diese Hände sind, Frühchen-Hände beinah, immer dieses Es-lebt-ja-Staunen, sobald ich etwas so kleines Lebendiges sehe, dass ich aufs Luftholen vergesse, auch wenn ein junges Eichhörnchen am Fenster eine Walnuss knackt zum Beispiel, bin ich im Moment wie festgefroren, da an der Balkontür, ganz steif die Glieder später vom Starr- und Stillhalten, und die Gewissheit, dass das Luftholen auch ohne Zutun des Körpers weitergeht, auf geheimnisvolle Weise, so als füllten sich einem die Lungen in Augenblicken wie diesem mit etwas ganz Anderem als Sauerstoff...

Bloß nicht diesen friedlichen Augenblick zerstören, hab ich gedacht, und zur Sicherheit so flach wie möglich geatmet mit der Kleinen im Arm. Bloß nicht, hab ich gedacht, und auch an das Kribbeln der Ameisen, die sich ihren Weg aus der Armbeuge in Richtung Achselhöhle bahnten. Bloß nicht das Kind wecken, mit einem Räuspern, Husten, Niesanfall, was weiß ich, aus seinem Schlummer reißen, hab ich gedacht, und schlaf Kindlein, schlaf, beim Wiegen gesummt, bleib schön so, ist ja alles gut, hab ich beim sanften, ja, die Mami kommt gleich wieder, ganz sanften Hin-und-her-Wiegen gesummt, bald ist sie wieder da, hoffentlich, ein Nasswarm in den Achselhöhlen, Nässlichwarm in allen Beugen, als wär ich mit dem Ledersessel zusammengewachsen, die Ameisenstraße stramm bis in die Fingerspitzen gezogen, alles ist gut, schön brav bleiben, bleib schön ruhig bis die Mami kommt, hab ich gedacht, mit Blick aufs Handgelenk gedacht, mit Blick auf die Uhr, gehofft, von Anfang an hoffend, aufs Stillsein, Ruhigsein, Bravsein, darauf, dass die Mami kommt, und weiter wieg ich, summ ich, flehend flehentlich, damit das Kind nur ja durchhält, hoffentlich, die Frau mit dem Einkaufen, Windelnkaufen, womit auch immer, schneller macht.

Schuld, Schuld. Das kann man so nicht sagen. Es lässt sich nicht so einfach eruieren, was genau der Grund dafür war, dass plötzlich nichts mehr funktionierte, nichts mehr nach Plan lief an diesem Nachmittag, dass ich von Minute zu Minute mehr an Kontrolle und Selbstbeherrschung verloren habe, bitte, das ist ein Neugeborenes, Kinder sind halt so, was erwartest du, dass meine Nerven hauchdünn an seidenen Fäden hingen plötzlich, total blank gelegen sind. Es lässt sich nicht so einfach sagen, wodurch sich das Kind irritiert gefühlt hatte, mit einem Mal so dermaßen heftig aus der Fassung geraten war. Und ob man die wahre Ursache für einen derartigen Anfall aus heiterem Himmel überhaupt herausfinden kann, ja Schatzi, was ist denn los mit dir, ob ein erwachsener Mensch überhaupt imstande ist, Laute, die einen unwillkürlich ans Schreien einer ertrinkenden Katze erinnern, nicht bloß irgendwie zu deuten, nach dem eins, zwei, drei Ausschlussprinzip (Hunger, volle Windeln, Bauchweh, viel mehr kann's nicht sein, sagte die Cousine), sondern tatsächlich richtig zu verstehen, die korrekte Bedeutung herauszufiltern, und draufzukommen, was wirklich gemeint ist, oder was möglicherweise grad schief läuft, auf den *echten* Fehler im System.

Als wär einer hinausgegangen aus dem Zimmer und hätte die Klimaanlage eingeschaltet. Heimlich, hinter meinem Rücken, mitten im Sommer. Als hätte einer bei 35 Grad Außentemperatur nicht nur auf ON gedrückt, sondern auch noch den Regler verstellt, das Rad so richtig von 25 Grad runter auf Voll-Frost gedreht.

Anfangs meint man noch, es träumt. Dann werden sie mehr, die Prüfungsschauer, die einem über die Haut rinnen, eisig über Schulter und Nacken streichen, sobald die Mimik des Kindes beginnt, sich stärker zu verändern, zeitlupenhaft anfangs, sodass du noch meinst, dazwischen springen zu können, vor der nächsten Stufe, halt, nicht weiter, sobald der Säugling sein Gesicht verzieht, sein handtellergroßes Gesicht wie Seidenpapier zerknüllt wird, vom unsichtbaren Beweger zerknautscht, zum Knautschgesicht zerknautscht wird, rosarot und dunkel die Haut noch, so frisch nach der Geburt, furchigfaltiges Greisengesicht, mehr und mehr verformt nun, bis hin zur schreiend roten Fratze.

Ich war mir schon damals sicher, dass ich mir keinen Gefallen damit tue, wenn ich mich selbst belüge. Wenn ich frei nach dem Prinzip, dass das, was nicht sein darf, auch nicht sein kann, über meine Gefühle drüber fahre. Wart erst ab, bis du eigene Kinder hast, dann wirst du vieles besser verstehen, hieß es, und dass bei den eigenen überhaupt alles anders wär…

Vielleicht war es aber auch nur dieser stereotype Satz, der mich dazu brachte, an diesem Nachmittag genau hinzuhorchen, aufs Geschrei, genauer vielleicht, als es üblich ist und als es sich die Meisten vielleicht vorstellen können, dem Brüllen des Kindes zuzuhören, akribisch Ton um Ton in mir aufzunehmen, dann, schrittweise, ganz vorsichtig aufzumachen, weiter und weiter die Tür zu mir selbst zu öffnen, zahnlos und pflaumenförmig schwarz der Trichtermund und zitternd das Gaumensegel, aus dieser, meiner Vogelperspektive, Schritt für Schritt, mutig zu wagen, pausenlos tiefer ins Schreien rein, also direkt in die Verzweiflung, Sprachlosigkeit, in die zur Wut geballt, in den ganzen Schmerz tiefer noch hinein zu gehn.

(Die Schmerzbewältigungsstrategien der Schmetterlingskinder sind zweierlei. Entweder versuchen sie, aus sich selbst gleichsam heraus zu steigen, und sich in einen Trance-ähnlichen Zustand zu versetzen, um das unsägliche Brennen der verletzten Haut nicht länger spüren zu müssen. Oder sie treten die Flucht nach vorne an, und begegnen dem Schmerz, lassen sich voll und ganz auf ihn ein…)

Diese Selbstverständlichkeit, Sicherheit in der Stimme derer, die zu wissen meinen, was sich gehört für eine Frau, und was *normal* ist, genetische Disposition, da kannst du gar nichts daran ändern, selbst wenn du dich auf den Kopf stellst, zum hunderttausendsten Mal, einen Kinderwunsch hat jede, ob sie's nun zugibt oder nicht, der sitzt in ihr drin, der Urtrieb, und ist, weil von Gott, der Natur so gewollt, in ihren Genen angelegt.

Wie das schon klingt. Wie das klingt in meinen Ohren. Als würd der Babykörper ausschließlich aus Lungenflügeln bestehen. Diese Wucht, mit der's mich anbläst, aus vollem Hals, mir sein Drängen, Fordern ins Gesicht schlägt, wie's gegen meinen Raum schlägt, den Lärm, das Geräusch, mir um die Ohren schlägt, dieses quälende, wie's mich quält, und in mich dringt, mit seinem Rufen, gib ab, von deinem Überfluss an Zuwendung und Aufmerksamkeit, los, gefälligst, teile!, wie's jegliches Nein ignoriert, über sämtliche Grenzen und Schranken hinweg geht, über jede Halt-Gebärde drüber trampelt, präpotent durch den Gehörgang dringt, frecher geht's nicht mehr, in mich, meinen Raum, in mein Höchstpersönlichstes ein.

Ausgerechnet jetzt der Gedanke an eine bettelnde junge Frau vor einem Supermarkt am Stadtrand einmal. An ihren beleidigten Blick, dieses ärgerliche Brauenzusammenziehen, als ich ihr zwei Euro in die Hand drückte. Ob ich allen Ernstes glaubte, dass diese Summe genügen würde, um Babynahrung zu kaufen. Die Erinnerung an dieses Reicht-nicht-Schauen, daran, dass sie drei Finger ihrer Linken in die Höhe streckte, um mir meinen Irrtum zu verdeutlichen, und an mein Versagen, das ich gefühlt hatte beim Wegdrehen. Das ich immer dann fühle, wenn ich aufgefordert werde, etwas zu tun, was ich nicht tun kann, weil ich heillos überfordert bin, das ich immer dann fühle, wenn man mich nötigt, etwas herzugeben, was ich nicht habe oder jedenfalls nicht in ausreichendem Maße, um als gönnerhafte Spenderin (Lebensspenderin!) auftreten zu können.

Die zwingend nötige Ration an schlechtem Gewissen nehme man im Übrigen ganz unkompliziert während des Straßenbahnfahrens zu sich, eine Dosis morgens und eine abends, zweimal täglich also, dann hält es länger vor, auf der Hinfahrt ins Büro beziehungsweise auf der Rückfahrt nach Hause. Geben Sie ihm sein Augenlicht zurück, prangt in fetten Buchstaben über dem Kopf eines schwarzafrikanischen Kindes. Die mit Werbeplakaten solcher Art tapezierten Haltestellenhäuschen verfehlen ihre Wirkung nicht.

Die Gesichtszüge der Bettlerin hager, knochig, wie die einer ständig auf Diät lebenden Ballerina. Schon als Kind zwanghaft beinah mein Bedürfnis, den verhungerten Geschöpfen, die da auf der Bühne zur Musik von Tschaikowskis *Schwanensee* tanzten, Absterbensamen, als wär's der letzte Reigen, nach der Vorstellung etwas zu essen zu bringen.

Aber ich möchte nicht, dass man mir nachgeht. Ich möchte nicht, dass man mir, der vermeintlich Beschenkten, Übersatten, die aus dem Vollen schöpft angeblich (*Erste* Welt, was heißt das schon!), auch noch hinterher geht, wenn ich einen Schritt zurücksetze. Dass man mir dauernd auf den Fersen bleibt, dass man mich verfolgt, mir überall hin folgt, äußerst hartnäckig, auf Schritt und Tritt, nach folgt, wohin ich mich auch drehe und wende, mir schon fast am Leib klebt, vor lauter Bedürftigkeit, Schwäche, bitte, bitte, Ohren zu, Augen zu am liebsten, ich möchte das nicht, dass der Mensch mich berührt mit seinem Wollen und Brauchen, seinem aggressiven, übergreift, aus der Not heraus mich übergriffig anlangt, dass mich der Mensch packt womöglich, an der Schulter, am Rücken, am Arm, richtig an-greift irgendwann.

Diese Gespaltenheit, dieses Abgetrenntsein von mir selbst. Einerseits die Angst vor infantiler Maßlosigkeit, davor, in eine Rolle hineingezwungen zu werden, und dann letztendlich keine Kraft mehr zu haben, um für sich selbst zu sorgen, um die eigenen Bedürfnisse, Wünsche und Träume zu verwirklichen, um sein Selbst zu stärken, um ein selbst-bestimmtes Leben führen zu können, ein eigenes, das doch noch gar nicht richtig begonnen hat.

Andererseits das Mitgefühl für das beschützenswerte, ausgelieferte Etwas. Diese Handvoll. Das Kind, ein Spiegel, in dem man sich selbst sieht, das eigene Innere, das man so gern zum Wachsen bringen würde, so gern vor Verletzungen schützen würde, gegen die Außenwelt verteidigen, keiner wird es wagen, wird dir jemals weh tun dürfen, jenes Kind, das ich so gerne behüten wollte, bewahren wollte, vor dem Bösen, was so oft geschieht da draußen, öfter noch geschehen ist, vor der Wiederholung dieses immer Gleichen, Vater-Mutter-Kind-Spiels, das auch mir, mit mir geschehen ist. Vor dem bösen Bösen würd ich dich so gern beschützen, vor vor…

… wem eigentlich genau, vor dem schlimmen Vater, vor der Mutter, der schlimmen - vor mir selbst etwa? Dem Wiederholungszwang? Als ob wir nicht die Wahl hätten, selbst zu entscheiden, wie wir uns verhalten wollen. Als ob wir gezwungen wären, als ob *ich* gezwungen wäre, jede mir vorgelebte Handlung nachzuahmen.

Ich bin auf Distanz gegangen. Nachdem ich den Säugling, dessen Adern schon blau aus der Stirn herausgetreten waren, und der, sobald ich ihn von mir und meinem Mutterersatzkörper weg hielt, schlagartig aufhörte zu weinen, vorsichtig auf das Sofa gelegt hatte, habe ich mir Kopfhörer aufgesetzt, die stärksten, die ich im Wohnzimmer finden konnte, und mit den Kopfhörern auf den Ohren gewartet. Abgewartet. Die nächsten eineinhalb Stunden, so lange, bis die Cousine eine ganze und eine halbe Stunde später, tut mir leid, zufällig eine Freundin, leider, hab ganz vergessen auf die Uhr zu schauen, na meine Kleine, hast du gar keinen Hunger, du bist ja ganz zufrieden, rein zufällig, schien's, nach Hause kam.

Donnerstag, 20. Oktober (kurz nach 21 Uhr)

Durchblick eins bis sieben

eins

Welche Ehre, als mir Doktor Nees-Schagen bereits am ersten Arbeitstag einen eigenen Büroschlüssel überreichte. Welche Ehre, als er meine Hand in die seinen nahm, höchstpersönlich ein kaltes Stück Metall hineindrückte, als wär's ein Schatz, mit warmen Worten, passen Sie gut darauf auf, verlieren Sie ihn nur ja nicht, höchstpersönlich behutsam meine Finger darum schloss.

Grundsätzlich sei das Büro werktags von acht Uhr dreißig bis siebzehn Uhr besetzt. Aber selbstverständlich stünde es allen Kolleginnen und Kollegen frei, auch früher mit der Arbeit zu beginnen oder später aufzuhören, ganz wie Sie wollen, oder auch einmal am Wochenende vorbei zu schauen. Insbesondere, wenn unter der Woche viel los gewesen sei, man also mit der Bearbeitung der Aufträge hinterher hinke, einen die viele Hektik im Großraumbüro, die sich ja nun leider nicht vermeiden ließe, allzu sehr abgelenkt habe, wie's bei jüngeren, unerfahrenen Mitarbeitern manchmal der Fall sei, leider. Dann also würde sich die samstägliche und sonntägliche Ruhe als ungemein wertvoll, aber was sage er da, als regelrecht segensreich erweisen. Vorausgesetzt natürlich, man habe die Absicht, ein bisschen etwas weiter zu bringen. Aber er wolle mir wirklich nicht dreinreden, nur etwas von seiner Erfahrung weitergeben. Jeder müsse selbst herausfinden, wann er am produktivsten sein könne, gell. Sein Augenzwinkern so, als wär'n wir alte Freunde, Yes-you-can-Zeigefinger-Zeigen, große Freude … von ganzem Herzen …. mich als neue Mitarbeiterin an Bord… Und so weiter und so weiter.

Das Büro war schon offen, als ich heute Früh aufgesperrt habe. Um sieben, weil ich ohnehin nicht schlafen konnte, seit Tagen ist das mehr ein Dösen, ein Ohnmachtsanfall-artiges Wegkippen gelegentlich, zwischen den Grübelpausen, und auch weil ich niemandem begegnen wollte, bevor ich mich mit Paul ausgesprochen haben würde.

Es sah aus, als habe er nicht nur die letzte Nacht auf dieser zweisitzigen eierschalenfarbenen Nappaledercouch in seinem Zimmer verbracht. Es sah aus, als habe Paul an Gewicht verloren in den letzten Tagen, so, wie er jetzt da an seinem Schreibtisch saß, mit verlegenen Haaren, müd, und abgeschlagen. Ein

Maß an Erschöpfung, das ich gar nicht gewohnt bin, bei ihm, dem Energiebündel bisher noch nie bewusst wahrgenommen habe.

Ich bin ein bisschen auf der Stelle getreten, wusste nicht recht, wie ich anfangen sollte mit der Entschuldigung, oder zumindest Rechtfertigung meines Fernbleibens, konnte Paul nicht ansehen, ihm nicht in die Augen sehen. Da ein vertrockneter Pizzarest auf dem Schreibtisch, Prosciutto e Ruccola, Red Bull, Cola-Dosen. Und ich wusste auch nicht, wem ich nun begegnen würde, dem Vorgesetzten oder Freund. Einem jedenfalls, der sich nun die Stirn hielt, unentwegt vor und zurück wippte ununterbrochen das restliche Pizzatorteneck im Karton herumschubste. Und wie ich seinen Blick aushalten sollte, ganz offen, ohne rot zu werden, einen ziemlich traurigen momentan (schon wieder diese Hitze in den Wangen), was ist denn los, so sag doch, den Unterton in seiner Frage.

zwei

Paul kam mir zuvor, glücklicherweise, indem er sich Luft machte. Die Hand an der Stirn war plötzlich zum Schirm hochgeklappt, bis hier stünden ihm die Zustände in dieser Firma, bis hier oben stünde ihm das, was sich in letzter Zeit hier abgespielt habe. Zum ersten Mal, seit ich ihn kenne, dass Paul die Kontrolle verlor, vollends, so schien's, am Limit war.

Nicht, dass es irgendetwas hieße, Doktor Nees-Schagens Stehen vor dem neuen Wagen und sein Draufspucken aufs Taschentuch, und das Reiben und Rubbeln an der schwarz gelackten Fahrertür. Das Fleckwegwischen an der Felge hinten rechts, silbergrau. Natürlich würden seine Kunden schön schauen, führe er sie im 2CV spazieren.

Und eine Unternehmensberatung besteht ja auch nicht nur aus Dahergeredet, möglichst gescheitem, sagte Paul, oder aus dem Zählen der Mitarbeiter und Mitarbeiterinnen, oder aus dem genauen Festhalten und Auflisten der Arbeitsschritte und Arbeitsabläufe im Betrieb sowie anschließendem Streichen und

Wegkürzen dieser, bis zum einen oder anderen Menschen hin, oder besser gleich der ganzen Abteilung.

In erster Linie kommt's aufs Vertrauen an. Auf Fachkompetenz. Nicht zuletzt aber auf die glaubwürdige Vermittlung der hinter dem Ganzen stehenden Idee. Könne sich doch jeder einzelne der da Weggekürzten oder Weggestrichenen rühmen, im Grunde zur Rettung *seines* Unternehmens vor dem sicheren Untergang beigetragen zu haben.

Nicht, dass DNS etwa Vergnügen daran fände, den Rotstift anzusetzen (wo denkst du hin!), und gleich den Huber und Meier, und wie sie alle heißen mögen, mit auf die Straße dazu. Dass er bei der Abschlusspräsentation dem Kunden das Zerkleinern oder Zerlegen seines Betriebes einfach so, nach Gefühl, also mehr oder weniger aus dem Bauch raus vorschlüge, die fassungslosen grauen Köpfe der Führungsriege im Genick. Nicht, dass das dick, doppelt und dreifach Markierte da unterm Strich eine andre Bedeutung hätte als die der Gesundschrumpfung, einer unbedingten.

Die Arbeit eines Projektleiters sehe leider auch vor, dem Geschäftsführer möglichst umfassend zur Seite zu stehen, und Doktor Nees-Schagen, wenn nötig, sogar zu begleiten. Zu den diversen Kunden und bei all seinen sonstigen Unternehmungen. Stets im Hintergrund, sagte Paul. Und leise.

drei

Es ist ja normal, dass sich allein schon auf Grund der unterschiedlichen Körpergröße und des damit verbundenen Gehtempos ein Abstand zwischen Menschen ergibt. Ergeben muss. Es wäre unnatürlich, versuchte man mit DNS um jeden Preis Schritt zu halten, wollte man mit dem total übertrieben Ausschreitenden neben sich auf gleicher Höhe sein, statt mehr und mehr zurückzubleiben. Schrittweise abzufallen, gewissermaßen.

Wie beim Schnellgeh-Wettbewerb. Ein Gehechel, Gejapse mit einem Wort, sagte Paul. Wir waren auf dem Weg zum Wagen.

Man weiß ja gar nicht, mit wie vielen man in seinem Leben schon gesprochen hat. Einfach um des Sprechens willen, ganz ohne Grund. Oder Bedürfnis. Bloß so. Man weiß gar nicht mehr, was man da alles im Vorbeigehen von sich gegeben hat oder was einem gesagt worden ist bei diversen Anlässen und Gelegenheiten. Mehr oder weniger unliebsamen. In die Leere hinein oder in den Zwischenraum, der sich plötzlich auftut in Gegenwart dieses Andern, auf einzigartig gähnende Weise. Als begänn unter den Füßen ein Zittern und Beben. Als müsst man sich drüberretten, geht's ans Worthülsenwerfen. Auf dass sich eine verfange in einer winzigen Öffnung oder sonst wie hängen bleibe an dem aalglatten, doch so aufgepflanzten Brocken da.

Und was, wenn man's ließe, das Höflichgrüßen und Freundlichgrinsen und Anreden und Weiterreden und Immerfortreden, ganz atemlos, wie aufgezogen seit je. Was, bekäm man das Dröhnen in den Sprechpausen aus den Ohren, das Geklacker der Schuh.

Später Eisernes während der Autofahrt.

Was, rollte man bloß noch im Leerlauf daher. Was, ließest du ihn ziehn, Paul, was, ließest du DNS ziehn. Voranziehn, Paul.

vier

So ein Kundenvertrauen soll ja ein tief greifendes sein, ein dauerhaftes. So ein Kundenvertrauen braucht eine echte Basis. Also ist es Doktor Nees-Schagen auch nicht zu verübeln, wenn er zur Geschäftsanbahnung auf freundschaftliche Kontakte aller Art zurückgreift. In einem gepflegten Bezirk am Stadtrand oder gar in Innenstadtnähe aufgewachsen, wird ihm die Wiederbelebung seiner Schulbekanntschaft mit großbetrieblichem Hintergrund bestimmt rasch gelungen sein. In Anbetracht der gegen Jahresende winkenden satten Prämie sind Missverständnisse der anderen Art, die Rede sei hier von auf dem Hinterkopf des Vordermanns heimlich zerquetschten faulen Marillen oder gar vom Bewerfen des Prüflings da vorn an der Tafel, bestimmt längst vergeben und vergessen. Nicht, dass einem solches mit einer derart katastrophalen Bilanz in den Händen leichter fiele. Die Bilanz des ehemaligen Schulkollegen Grill tut hier nichts zur Sache. So über die Maßen erbärmlich sie auch sein möge. Wie leider auch Grills Werdegang insgesamt, mittlerweile Direktor eines Familienunternehmens, in vierter Generation.

Das 4-Stern-Hotel des Kunden Grill ist bis zum Dach gefüllt mit Angehörigen, sagte Paul, völlig verstörten. Das musst du dir vorstellen, es vergeht kein Tag, an dem Grill nicht mindestens ein bis zwei von ihnen, sei es im Gewand der Sekretärin oder des Buchhalters oder der Verkaufsleiterin, über den Weg laufen. Selbst wenn er will, bekommt er sie nicht aus dem Leben, das so ganz sein eigenes nun auch wieder nicht sein darf, findet die Belegschaft, hat sie doch jede seiner Entscheidungen mit auszubaden. Früher oder später jedenfalls.

Das Vertilgungsspray, das Sie mir bei Ihrem ersten Besuch empfohlen haben, hat nicht gewirkt, habe die Rezeptionistin zur Begrüßung zu DNS gesagt. Wir kommen mit dem Zertreten und Zerdrücken der Ameisen nicht nach, wissen Sie. Schon am ersten schwülen Tag in diesem Jahr ist eine aus den Fugen gekrochen. Aber da denken Sie sich noch nichts dabei. Bloß, eine Ameise eben, die zickzack rennt auf dem Parkett, denken Sie. Und sehen zu. Das machen Sie eine Weile. Zur Entspannung. Es lenkt Sie von der Arbeit ab. Es gönnt ihren Augen eine kurze Pause. Spätestens um zehn setzt nämlich das Brennen ein. Anfangs ist einem das Tierchen sogar eine willkommene Abwechslung. Es sucht wie ferngesteuert. Da, die Reste vom abgeriebenen Radiergummi. Oder das zertretene Blatt. Es kriecht mal drüber, mal drum herum. Es könnte längst schon das eine oder andre auf seinem Weg gepackt und heimgetragen haben, denken Sie. Längst. Einmal genug haben. Aber statt dessen bloß dieses Gerenne, dies hysterische Kreuz und Quer. Ein einziges Getriebensein. Aus dem Fugenloch hinaus und wieder ins Fugenloch hinein. Andauerndes, ununterbrochenes

Spurenziehen. Wer denkt schon beim Anblick einer einzigen Ameise gleich an die ganze Brut, an das Gewimmel überall im Gemäuer, in jedem Raum. Ans kopflose Gestürze auf endlos langen Straßen. Sogar unter der Badematte haben wir eine Kolonie gefunden. Da heißt es rücksichtslos vorgehen. Das ist kein leichtes Unterfangen. Haben Sie schon einmal eine Ameise zwischen den Fingern zerquetscht? Oder gleich mehrere zugleich zertreten? Seit Tagen verfolgt mich das Gezucke und Gezappel der Tiere in halblebendigem Zustand. Sie würden es kaum glauben, mit welcher Wucht wir aufstampfen, mit welcher Kraft wir zudrücken. Und immer noch bewegt sich ein Fühler oder ein Bein, oder beides im schlimmsten Fall.

Man müsse sie zerreiben, habe ihr der Herr Direktor empfohlen. Zerreibt sie!

fünf

Schulkollege hin oder her. Wir von der Unternehmensberatung wissen noch nicht, wie und ob man den Grill überhaupt aus seinem Sumpf herausretten können wird. Nämlich ein für alle Mal. Ohne dass er, zwar endlich aus der Brühe gefischt und im Trockenen, aber noch ganz benommen vom Hilflosstrampeln und Um-sich-Schlagen, halbblind erst in der Gegend tappt und gleich drauf wieder in den nächsten Tümpel hineinsteigt. Ersaufen kann man das ja auch nicht nennen. Es ist nicht so, dass einer hier rasch unterginge. Das hier dauert Jahre. Jahrzehntelang. Mehr ist's ein Absacken. Oder Verschlucktwerden. Ein ständiges, stetiges. Manchmal merkt man auch nicht gleich, wohin's einen abzieht, abgezogen hat seit je, wohinein man am End geraten ist. So schwammig ist der Grund. Gewachsen eines Tages bis zum Nabel. Auch Grill findet sich nun derart wieder. Im Schlamm.

Aber wir wissen noch nichts über die besondere Methode, die in diesem Fall aller Voraussicht nach zur Anwendung gebracht werden müsste, hätte man die Absicht, ein wirksames Sanierungskonzept zu unterbreiten, welches mit Sicherheit eine grobe Verkürzung der Grill'schen Tausendfüßlerei beinhalten würde. Und nicht mehr und nicht weniger käme dieses mörderische Ausreißen von Gliedmaßen einer vollkommenen Vernichtung der Grill'schen Körperschaft gleich, und nicht mehr und nicht weniger wollte eine Angehörige sich zugunsten der nächsten gegangen fühlen, wollte ein Nächster die Arbeit des Abgängers zusätzlich zur eigenen erledigen oder sie aus Zeitmangel und Überlastung unerledigt lassen müssen, und demzufolge ein Riesenchaos im Familienbetrieb produzieren und irgendwann krankgeschrieben im Bett liegen vom dauernden Durcheinander.

sechs

Grill hatte uns von der Rezeption abgeholt und in sein Büro geführt, sagte Paul. Wir saßen. Er stand.

Es sei ihm unmöglich zu sitzen, sagte der Hotelier. Wegen seiner Rückenbeschwerden. Der unerträglichen Schmerzen. Vor einigen Monaten sei er noch am Boden vor dem Bett gelegen. Wie ein Käfer. Ganz bewegungsunfähig. Unfähig, sich auch nur *so* viel zu rühren. So. Er spreizte die Arme, drehte die Handrücken nach vorn. Die Putzfrau habe ihn dann gefunden und den Notarzt gerufen. Sie sei eine Stunde zu spät gekommen. Später als vereinbart. Er hätte sich das notiert, wäre da nicht dieses entsetzliche Stechen im Rücken gewesen. Lähmend. Als wär eine Klinge zwischen seinen Wirbeln vergessen worden. Die Unpünktlichkeit der Putzfrau habe ihm das Leiden da unten auf dem Bauch im Pyjama verlängert. Unnötiges Warten. Überflüssiges. Fiebern, irgendwer möge doch endlich die Tür aufsperren. Dieses Eingesperrtsein im eigenen Denkapparat. Gedankenkreisen. Und dann fangen Sie an, sagte Grill zu mir. Als steht's irgendwo vor dem inneren Aug geschrieben, beginnen Sie im Schmerz zu lesen. Alles listen Sie auf. Von Beginn an. All die vielen quälenden, Sie zeitlebens ohne Unterlass schwächenden, nur auszehrenden Umstände kommen auf diese Liste. Chronologisch. Eine Sammlung von sich an Unerträglichkeit überbietenden Unerträglichkeiten. Jede noch ein Stück weiter getrieben. Auf die Spitze. Einem direkt zwischen die Lenden, wissen Sie. Der Schmerz, nichts als die Ausschüttung gemeinster Provokationen über einen, völlig aus der Luft gegriffener Unterstellungen. Jahr für Jahr. Geballte Ladung. An Unverständnis und Ignoranz. Und dass es keine gröbere Gemeinheit mehr geben könne, denken Sie bei dem, was Sie da reingesagt bekommen, dass diese Gemeinheit infolgedessen auch die letzte, weil unüberbietbar, bleiben würde, haben Sie gedacht. Das letzte Mal. Und das Mal davor. Und wer gibt schon gerne zu, dass das einem soeben ohne Umschweife gründlich Reingesagte gesessen hat. So richtig durch Mark und Bein gegangen ist. Mehr sind Sie bemüht, Ihren Zustand mit krampfhaftem An-sich-Halten zu verbergen. Sie versuchen krampfhaft, diese innere Schwäche, diesen Dauerzustand innerer Aufgeweichtheit vor den Andern zu verstecken. Übertrieben strahlend. Und Schultern klopfend bei jeder Gelegenheit. Sie müssen überlegen, Sie hängen als Hotelier und Personalchef an Fäden wie eine Marionette. Und Sie befehlen, heb jetzt den Arm, und hauen dann irgendeinem Mitarbeiter, der da vorbeirennt, für irgendeine Lächerlichkeit auf den Buckel, um ihn zu loben, obgleich das, was der Mensch an Leistung hingelegt hat, weder besser noch schlechter war als das, was er jeden einzelnen Tag vollbringt, nämlich immer das Gleiche. Und nichts Besonderes also. Was ist schon Besonderes dabei, wenn Ihnen von der Bürohilfe die Postmappe auf den Schreibtisch gelegt wird? Was können Sie denn am unsicheren Reinwackeln und wieder Rauswackeln dieses Menschen schon Besonderes finden? Man könnte natürlich die Mappe aufschlagen und hineinschauen und den Büromenschen zum einen oder anderen sorgfältigst drapierten Schriftstück beglückwünschen. Herzlich. Aber öfter lassen Sie das Suchen in der Mappe und belobigen gleich. Oder gratulieren. Etwas findet sich immer. Egal. Dann macht man eine Pause.

Sie *müssen* sogar eine Pause einlegen. Zur Entspannung der Gesichtsmuskulatur. Anders wär das gar nicht denkbar. Dieses ständige Über-den-eigenen-Schatten-Springen. Über-sich-drüber-Rennen. Im Grunde rennen Sie ja ununterbrochen über sich drüber. Ohne Haltmachen. Ohne Innehalten, das Ganze. Den ganzen Tag. Eine einzige Überforderung der eigenen Person, die ja mittlerweile nur noch an Fäden hängt. Seidenen. Und auf Kommandos reagiert. Blöde. Wie im Zirkus. Ein Kunststück nach dem anderen. Guten Abend, hier die Marionette Grill. Wir präsentieren. Wären die Fäden nicht, könnten Sie sich ja längst nicht mehr rühren. Längst schon hätte sich Ihr gesamtes, vom vielen Fragen und Zweifeln schon ganz verrücktes Innenleben nach Außen gestülpt. Über Sie drüber. Wär aus jeder Pore gekrochen. Fliegengewicht, da an der Schnur. Grill! Wir präsentieren Ihnen heute die Kunststücke unserer Stubenfliege Grill.

Er ging im Zimmer auf und ab, hatte die Hände auf dem Rücken verschränkt. Sagte Paul. DNS und ich, wir saßen.

Ob Fliege oder Käfer, das sei einerlei. Da unten jedenfalls, neben dem Bett, auf allen vieren. Oder beinah. Durch und durch, wie nur eins. So sei er sich damals vorgekommen. Wie abgerissen plötzlich von den Fäden. Auf den Boden gekracht. Ganz irrsinnig. Nicht *ein* Kommando habe mehr Wirkung gezeigt. Nicht die geringste. Was habe er kommandiert, da auf der Erde. Stundenlang, bis zum erlösenden Umdrehen des Putzfrauenwohnungsschlüssels in der Tür habe er sich, fast ohnmächtig vor Schmerz, zum Aufkriechen zwingen wollen. Habe aber dennoch, ungeachtet jeglicher, mittlerweile schon gebrüllter Befehle, ständig schlapp gemacht. Immer wieder eingehen müssen, jämmerlich. Trotz der Brüllerei in ihm drin zum Aufstehn. Stillstehn. Gradstehn.

Grill griff sich an den Schädel.

Er könne sich ohne dieses Brüllen ja gar nicht mehr denken. Angeherrscht zeitlebens. Vor dem inneren Befehlsgeber zusammenzuckend. Zeitlebens versteinert vor Schreck, schon beim geringsten Ton. Als stünde er vor einem Richter, habe er immer seine nasskalten Hände gerieben. Und ausnahmslos sei ihm seine eigene Führungskraft an die Gurgel gefahren. In alle Glieder. Sie habe Tag für Tag, bis zum heutigen, über ihn bestimmt. Ihm den Garaus machen wollen. Mich aus der eigenen Person schmeißen, sagte Grill. Buchstäblich. Und keinesfalls wollte er auch noch das Bisschen hergeben, was an ihm lebendig geblieben wäre, was er jetzt endlich (nach so langer Zeit!) an sich entdeckt hätte. Wenn schon der gesamte Rest, wie überhaupt sein ganzes bisheriges Dasein, dem Planen und Organisieren und Anleiten und Durchführen und Vorantreiben der allen gemeinsamen Familienbetrieblichkeit habe geopfert werden müssen. Von ihr geschluckt worden sei. Mehr oder weniger.

Ja, anfangs denken Sie noch, Sie würden dieser ungeheuren Zirkusmaschinerie gewachsen sein, in die sie da hineingezüchtet sind wie ein Pudel, sagte er. Pausenlos überreizt. In einer Tour gedrillt. Rechtsüberschlag. Linksüberschlag. Und Sie hüpfen und springen und werfen sich herum ohne Unterlass, als wedelte ein Stück Wurst direkt vor Ihrer Nase. Aber man hat es an einem Stecken über Ihrem Kopf festgebunden, wissen Sie. Ein großes, saftiges Stück. Der wesentlichste Bestandteil des Trainingsprogramms, an dem man einen Zuchtpudel teilnehmen lässt, ist nun einmal die Wurst. (Zuchtpudeltrainingsprogramm, wissen Sie!) Ein Übungsobjekt. Damit muss der Pudel dann fertig werden. Er soll sein Letztes geben. Die Wurst wird erst abgesenkt und es rinnt dem vom Duft schon fast Wahnsinnigen das Wasser unter der Zunge zusammen. Dann wird die Wurst ruckartig hochgezogen und der Pudel macht einen langen Hals. Und dann noch höher, bis er sich auf die Hinterpfoten stellt, und so fort. Manchmal aber braucht der Zirkusdirektor auch bloß einen Zipfel Salami (oder Extrawurst oder was auch immer) an den Stecken anzubinden. Und das Ganze sieht aus wie eine Angel. Manchmal reicht schon ein Randstück, wenn's bloß duftet und Ihnen vor der Schnauze wegfliegt. Erst durchs Wegziehen und Höherziehen nämlich (oder, wenn der Direktor besonders gemein sein will, durchs Hin-und-Herschwenken der Angel, dass Sie sich halb tot rennen) bleibt der Pudel da am Haken. Der ganze Trainingseffekt ginge verloren, ließe man ihn den Zipfel fangen. Der Effekt, sagte Grill. Das Gefühl größtmöglicher Unzulänglichkeit, das man dabei ist zu erzeugen, im Grunde längst erzeugt hat, denn sonst wäre Ihnen ja ein solches Gehüpfe und Getanze nach fremder Pfeife niemals möglich gewesen. Jedenfalls ist es kein schlechtes Zeichen, dass Sie überhaupt noch die Kraft zum Hüpfen und Tanzen in sich gehabt haben. Dass da noch so etwas in Ihnen gewesen ist wie ein Kern. Ein starker, kräftiger Kern. Oder zumindest ein Funken Vertrauen, sie könnten doch irgendwann einmal das Randstück von der Wurst zu fassen kriegen. Und wenn schon nicht heute, dann vielleicht morgen, sagte Grill. Man dürfe allerdings die Sache mit dem Training nicht übertreiben. Trotzdem komme es gelegentlich vor, dass dieses zwar ganz nach Plan, aber dennoch viel zu weit getriebene Auf und Nieder und Links und Rechts jäh in unsägliche Verzweiflung überschlägt. In Fassungslosigkeit. Fassungslos stehn Sie plötzlich da. Sind wie angewurzelt, als hätten Sie das böse Spiel durchschaut, sagte er. Aber was könne man dem Direktor schon vorwerfen. So ein Zirkus liefe eben nicht von alleine. Da gelte es, sich um den Nachwuchs zu kümmern, den so gut wie's nur irgend geht heranzuzüchten. Und wäre tatsächlich alles Training, jegliche Ausbildung und Schulung und Fortbildung und Weiterbildung vergebliche Liebesmüh gewesen, der Fall also endgültig ein durch und durch hoffnungsloser, müsste eben von auswärts das zum Fortbestehen des Unternehmens nötige Material zugekauft werden. Aber erst einmal das Süppchen selber kochen, habe sich der Mann gesagt. Noch sei die Suppe nicht versalzen. Und man dürfe doch wenigstens aufs gute Gelingen hoffen. Schließlich lasse sich sogar aus Mittelmäßigem noch etwas machen. Manchmal. Dem Grill stand Schweiß auf der Stirn. Die Mittelmäßigkeit. Eine Krankheit, wissen Sie. Chronisch. Langsam, nicht schnell, ihr Fortschreiten. Schmerzhaft schleichendes Bewusstwerden. Im Grunde sind Sie ja damit geboren. Bereits als Mittelmaß, daran leidend, auf die Welt gekommen. Von klein auf kennt man Sie nur so. Wie anders hätten Sie also von Ihrem Umfeld wahrgenommen werden können. Natürlich gibt man sich anfangs bedeckt. Zurückhaltend dem Kleinkind gegenüber. Anfangs macht der Erwachsene noch gute Miene und brüllt und tobt vor Begeisterung bei jedem noch so schlampig hingepatzten Purzelbaum. Er denkt vielleicht auch, das wüchse sich aus mit der Zeit. Anfangs denkt er noch, der Erwachsene, er bräuchte bloß etwas genauer hinsehen, wollte er nur recht bald Außergewöhnliches an dem da Rumturnenden, mehr schlecht als recht an den Geräten Hängenden entdeckt haben. Ein Bewegungstalent ersten Ranges, möglicherweise. Und deshalb putzt er sich die Brille (und wieder und wieder muss er das). Brillenputzend hier am Fußballplatz-Zaun, dort an die Turnhallenwand gedrückt (immer, seit je mit dem Rücken zur Wand!), die Hände tief in den Hosentaschen. Und natürlich plumpsen Sie. Vom Kletterseil runter oder mitten im Lauf. Hingeplumpst. Ihre ganze Kindheit, ihre Jugend, ein einziges Geplumpse vor Brillenputzerfüße. Ein Geschlitter sondergleichen. Sie müssen sich das einmal bildhaft vorstellen. Aus Turnsaalhöhe aufgeschlagen! Als wär Ihnen mit dem plötzlichen Erscheinen des Mannes der Knopf (die Kletterhilfe) aus dem Seil gewunden, an dem Sie gerade noch geklebt haben. Oder es legt Sie ordentlich auf (*so* knapp vor dem Tor!) mit ganz seltsam verdrehtverknoteten Beinen. Enorm. Nicht nur ein bisschen, direkt ungeheuerlich dieses Gefühl im ersten Augenblick, beinah auf der Turnmatte zerplatzt zu sein (patsch, wie ein rohes Ei!). Oder zerfetzt, da auf dem Rasen. Abgeschlagen jedenfalls. Innerlich. Rein äußerlich merkt man ja nichts. Rein äußerlich sind Sie eigentlich ganz normal. Sofern Sie nur rasch wieder aufstehen. Und selbstverständlich sind Sie nach jedem noch so fürchterlichen Sturz (wo auch immer runter oder drüber) sofort wieder hoch und haben weitergeturnt und weitergespielt und so fort, als wär nichts gewesen.

Man ist dann eben wie alle, sagte Grill, also Durchschnitt. Bloß im Innersten krank, und das ärgstens. Ein verkappter, sozusagen. Drüber sein hieße, sich gar nicht erst übertrumpfen zu lassen. Überm Durchschnitt sein heißt, den Trumpf, das Zepter keinmal noch aus der Hand gegeben haben. Damit immer und um jeden Preis ins Ziel rennen. Als Erster und mit Riesenabstand die Abfahrt hinuntersausen. Nicht Zweiter werden oder Dritter oder gar Vierter oder irgendwann und irgendwie daher kriechen oder daherrutschen, froh und stolz, dass einem die Zeit überhaupt noch abgenommen worden ist. Und es heißt nicht etwa teilnehmen am Wettkampf einfach nur so, aus Spaß an der Freud. Und deshalb womöglich ganz locker, aus der Schulter heraus, die Vorhand schlagen oder da an der Grundlinie trippeln und federn, immer weich in den Knien, und Gutpunkte zählen. Da müssen Sie schon ordentlich reinbeißen in den sauren Apfel, sagte Grill. Am besten gleich zu Spielbeginn das Manko ausgleichen, mit dem man Sie hat antreten lassen. Mit dem Sie andauernd haben antreten müssen. Andauernd gezwungen zum Aufholen eines gigantischen Rückstands, zum Wettmachen dieses wider Erwarten gemeinsam mit Ihnen hoch aufgeschossenen Defizits.

Einen Moment lang hing sein Blick an Nees-Schagen. Im Vergleich. Im Verhältnis natürlich zu dem oder dem oder wieder einem, neben den Sie immer hingestellt worden sind zur besseren Ansicht und Beurteilung, und neben den Sie sich wahrscheinlich irgendwann schon von ganz allein hingestellt haben werden, und neben den Sie sich sogar heut noch hinstellen würden, ging's ums Einschätzen oder Bewerten Ihrer selbst. Den Platz auf der Rangliste also mehr oder weniger, den Sie gerade haben. Das Ranking im Club, sagte er, nichts als die Sprossen rauf und die Sprossen runter. Qualvoll. Kaum einer könne sich dem entziehen. Auf irgendeine Weise sei noch ein jeder da oder dort auf der Leiter zum Sitzen gekommen. Auch wenn Sie gar nicht wollten, lieber für sich geblieben wär'n. Für sich genommen, betrachtet und beurteilt und bewertet, sagte er. Aber den scheuchte man schon auf, da vom Boden (ruckzuck!), wo er sich's bequem gemacht hat. Den trieben sie schon noch hoch, die Clubmitglieder, machten ihm Dampf unter den Flügeln, ordentlich. Anständig gehörte nämlich ein solcher wieder eingereiht, re-integriert ins Gefüge, gehörte ein solcher gefügig gemacht, der da draußen im Abseits, die Existenz da am Rand. Der Ordnungsflüchtling, Hackordnungsverweigerer! Krumenklaubend. Gehörte einem solchen sein Anteil abgenommen, dem vermeintlich beitragsfrei vor sich hin Schaffenden, dem ins Bodenlose hinein Werkenden. Diesem aus dem Nichts heraus und ins Nirgendwo hinein schöpfenden Schöpfer, diesem selbsternannten Kunststückeproduzenten (Kreativen!), der Sie sind, sagte er. Genügsam, anspruchslos! Clubmitglied also aus reinem *Vergnügen*! In Vernachlässigung Ihrer obersten Mitgliedspflicht, sich nämlich nach Kräften für den Aufstieg des Clubs und aller in diesen eingeschriebenen Mitglieder zu verwenden. Denn so eine Clubgemeinschaft lebt ja förmlich von ihren Zugpferden im Stall, sagte er. Vom Kampfgeist! Der Sicherheit gewissermaßen, den Karren notfalls aus dem Dreck ziehen zu können oder gerade noch rechtzeitig sein Abdriften in die Bedeutungslosigkeit, und dieses elende Dahindümpeln in der Club-Landschaft im Anschluss daran, verhindert zu haben. Der Grill musste sich nun doch setzen.

So ein Clubleben bestünde ja nicht nur aus Im-Clubhaus-Hocken. Dem Kopf-an-Kopf besonders Begabter. Auch eine Menge an Gewöhnlichem säße in den Zuschauerreihen. Fegte, hoppelte, raste auf höchst eigene Art über den Platz, ein zweites und auch drittes Racket in Reserve, sollten vom bombigen Speed oder Drill ein paar Saiten zerrissen sein. Da im Schatten all die Dreinklatscher und Zujubler und Anfeuerer, die hintergründigen. Trittbrettfahrer! Das ganze Clubleben, eine einzige Trittbrettfahrerei sei das. Das Pack hinge sich dem Außergewöhnlichen an die Gurgel. Wollte aus seiner tödlichen Langeweile schlüpfen, sich anderswo dazuzwängen, mit reinpressen, wollte gern mitgeschleppt sein im Sack, eingepfercht ins ohnehin schon zum Platzen volle Siegerhautgeleier. Dass all jene da unter den Bäumen bei Bratwurst und Senf zwar auch jederzeit (mit links!) so ein Spiel nach dem anderen gewinnen könnten, oder ein Match oder überhaupt das ganze Turnier, bloß jetzt gerade nicht, habe einen bestimmten Grund. Denen ist oft übel mitgespielt worden, sagte er. Nicht das Schwarze unterm Nagel vergönnt, müssen Sie wissen. Ohne Unterlass wird solchen vom Teller gefressen worden sein. Werden sich Ältere wie Jüngere einfach bedient haben, mir nichts dir nichts das den Schattensitzern Zugedachte und das den Schattensitzern Zustehende ohne zu fragen weggeschaufelt und aufs Eigene (ohnehin mehr als ausreichende!) draufgehäuft haben. Pausenlos hat man sich also auf deren Kosten die Bäuche vollgeschlagen. Sie zu kurz kommen lassen. Hungrig daneben kauern lassen, mit ständig knurrendem Magen. Kindheit vor halbleerem Napf, sagte er. Und dass solch gemeines Gehabe natürlich für immer fest in die Herzen eingebrannt sei und tief in der Erinnerung verankert. Dort niste als ein ewiges Sich-halb-Fühlen und Sich-halb-Denken, als vollkommenes Halbsein von Kopf bis Fuß. Auf Lebenszeit. In all den Halbschattenmenschen brüte er förmlich, der Neid. Letztendlich nicht mehr als eine beachtliche Menge fortgeschöpfter Brei, eine Summe von Streicheleinheiten, wieder und wieder auf der falschen Wange, auf dem falschen Kopf gelandet. Gegen Unendlich strebend. Himmelschreiend! Sagte er. Was dazu führe, dass die Neiderrachen grundsätzlich nicht voll zu kriegen seien, dass das Eifern nach einer längst verlorenen, in andern Leibern schon vor Jahrzehnten gründlich verdauten Grütze immer noch nicht aufgehört habe, und dass man diese Grütze nur aus purer Verzweiflung über ihre Unwiederbringlichkeit rasch an Form und Inhalt neu bestimmen und eben im Nächstbesten suchen gehen würde. Man hält dann Ausschau nach einem geeigneten Ersatzmenschen, wissen Sie, nach einem Wirt, dem man sich an die Fersen heften kann, dem man mit Fug und Recht ins Genick springen kann, zum Festanklammern und Aussaugen. Der Wirtsnatur wird das Blut abgezapft, wissen Sie, ins vermeintlich Prallgefüllte, Aufgeblasene wird reingestochen, dass es nur so knackt. Ihr, der Wirtsnatur räumt man das Bessere schon noch ab. Was glaubt die, wer sie ist, werden Sie angebissen, angefallen, sitzt Ihnen die Laus im Pelz. Sind Sie plötzlich heimgesucht von einer regelrechten Plage. Einer Läuseplage! Dem Grill war ganz schlecht. Gelblichgrün lag er im Sessel.

Jetzt haben Sie das große Los gezogen, sagte er, Glückwunsch. Nun dürfen Sie sie ernähren. Mit ihrem Lebenssaft, der gesamten Energie, die Sie haben. Von diesem Bisschen dürfen Sie sie auch noch kosten lassen, ein bisschen mitnaschen lassen. Stündlich, minütlich, jede Sekunde sollen Sie einen Tropfen spenden, Blut oder Schweiß hergeben, *etwas* jedenfalls von dem überflüssigerweise in Sie Hineininvestierten, dem im Überfluss in Sie Hineingeopferten und so gründlich Vergeudeten. Bis zum Erbrechen. Was sieht sich eine Laus schon selbst, sagte er. So ein Mitesser könne doch bestenfalls wahrnehmen, ob ihn das, woran er gerade hinge und zuzelte, auch wirklich fortbrächte in die gewünschte Richtung, ganz nach oben. So schnell könne der Wirt gar nicht schauen, stünde und fiele alles mit ihm. Einfach alles, sagte Grill, der gesamte Läuseapparat, der sich hinter Sie klemmt, und vor den Sie gespannt sind. Bis zum Äußersten. Er atmete schwer.

sieben

Ich wusste nicht, ob DNS schlief, sagte Paul. Ob er den ganzen Monolog seines Schulfreundes oder nur Teile davon verschlafen hatte. Seine Augen waren jedenfalls zu irgendwann, und seine Lider zuckten wie beim Träumen.

Aber Fachkompetenz besteht ja auch nicht aus Hinrennen-zum-Kunden und Dem-dann kräftig-beide-Hände-Schütteln und Gutzureden. Beruhigend, möglichst nah am Kundenohr. Und sie besteht erst recht nicht aus Kaffeetrinken oder Mittagessen, stundenlangem, und Sotun, als wär man vom scheußlichen Zustand der Betriebskennzahlen ganz erschlagen. Und überhaupt selbst ein völlig unbeschriebenes Blatt. Eine solche Kompetenz bekommt man nämlich nicht erst eingepflanzt. Die beginnt nicht erst mit den Erklärungen des Gegenübers zu leben. Dem endlosen Begründen und Schildern und Beschreiben des Wie und Warum, dieser äußerst vertrackten Lage. Eine solche Kompetenz ist schon von vornherein. Die ist für sich. Unabhängig vom Besonderen. Konkreten. Dem in der Schlinge da steckenden Kopf.

Die echte Fachkompetenz ist vom Einzelfall losgelöst. Eine Gesamtsumme, eine riesige. Ins Gigantische angewachsen über die Berufsjahre. Zehn, zwanzig, dreißig - hunderte Gefangenengesichter und Gefangenenstimmen, die in den Gedanken der Fachkompetenz herumgeistern. Die ihr, der Fachkompetenz, täglich von früh bis spät jammernd durchs Gehirn sausen. Gleich morgens nach dem Aufstehen der Begrüßungschor. Weinerlich. Antritt der ersten fünfzig. Und so fort. Ein Jahre dauernder Prozess der Aushöhlung. Und des langsamen Dahinschmelzens und Zerfließens dieser furchtbar vielen. Und des Wieder-neu-Zusammenrinnens der Geschmolzenen und Zerflossenen zum großen Ganzen. Dem Bild im Hinterkopf gewissermaßen. Einer ganz allgemeinen Vorstellung, die man sich von *dem* Kunden eben macht. Notwendigerweise machen muss, wie man sich ja auch ein Bild von *dem* Apfel schlechthin zeichnet. Oder von *der* Nuss. Oder von sonst einem Stück jener Sorte, wo eins wie's andre ist, oder dem zumindest aufs Haar genau gleicht. Und wem fällt schon ein, jede Frucht im

Äpfelsack extra zu erwähnen oder gar mit dem Finger draufzutippen. Und was hielte man auch von einem, der diese Nuss und diese und die hier auch noch, und so weiter, günstig auf dem Markt erstanden haben wollte, bis das Kilogramm voll ist. Was, verlöre sich der auch noch im Besprechen von Mängeln, dem faulen Eck des einen, dem Wurmloch des andern Exemplars. Was, müsst man beim Einkaufen detailversessen Nuss um Nuss, Apfel für Apfel bedächtig drehen und wenden, und auf alles genau eingehen. So, als gäb's da wirklich was Außergewöhnliches zu entdecken, an jedem einzelnen. Kundenkopf.

Freitag, 21. Oktober (ca. 6.45 Uhr)

Selbstverbrenner, verschlissene. Trittbrettfahrer.

Ich hatte gestern eigentlich damit gerechnet, dass sich Paul eine Zigarette nach der anderen anzünden würde, doch nicht einmal ein Aschenbecher stand im Zimmer herum. In der Luft lag lediglich dieses Nachwehen, als sei *die Letzte* (diesmal aber wirklich) schon ziemlich lange her gewesen. Kaffeemaschinensurren kam aus der Küche, und er dämpfte die Stimme.

Es seien Leute vom Persönlichkeitsprofil eines DNS, die den Maßstab vorgäben, die Latte ausgesprochen hoch legten. Ich meine, sagte Paul, Leute wie er profitieren doch nur von den Schwächen seiner Kunden und Mitarbeiter. Die profitieren doch davon, dass die meisten nicht Nein sagen können, weder zu sich selbst noch zu anderen. Dass die meisten nicht imstande sind, sich klar und deutlich abzugrenzen. Dass sie, wenn überhaupt, dann nur zögerlich ihre Meinung äußern, unbeschreiblich zaghaft, bloß andeutungsweise Grenzen ziehen. Stricherllinien, um nur ja nicht zu kränken oder den Job zu verlieren oder aus welchen Gründen auch immer, sagte Paul. Diese Wär's-vielleicht-möglich-Bitten, weißt du, wenn ich solche Formulierungen schon höre. Leader-Typen wie DNS wittern doch die Unsicherheit und den Selbstzweifel der Menschen, ihre Angst, einen Fehler zu machen, zu versagen, eh klar, wieder mal nicht genügt zu haben. Diese Angst haftet an einem wie Parfum, der Horror vor den eigenen Ansprüchen, vor den in einen hinein gepflanzten.

Man könne Doktor Nees-Schagen nicht mal einen Vorwurf daraus machen, dass er immer wieder auf all jene Züge aufspringen würde, die ziel- und führerlos durch die Gegend rollten, dicht vor seiner Nase im Schritttempo, so unfassbar langsam jedenfalls, dass man's kaum für möglich halten möchte. Der Mann habe schließlich nicht um eine derartige Provokation gebeten. In seiner Rolle als Führungskraft würde er im Grunde auch nur das tun, wozu man ihn ja indirekt auch eingeladen, wenn nicht sogar genötigt hätte: bitte bedienen Sie sich, ich werde mich nicht wehren. In seiner Rolle als Führungskraft und stets bedacht auf das Fortkommen des Unternehmens würde er lediglich versuchen, aus der Situation ordentlich Kapital zu schlagen, wie man's auch von einem Mann in seiner Position erwarten darf, und dabei nur am Rand einen kleinen Anteil für sich persönlich generieren.

Als sympathisch könnte man diese Vorgehensweise, Nutzen aus der Notlage anderer zu ziehen, vielleicht nicht bezeichnen, aber schließlich lägen die eigentlichen Ursachen für die persönlichen und wirtschaftlichen Nöte der Mitarbeiter und Klienten anderswo, seien diese in den meisten Fällen hausgemacht.

Der Geschäftsführer als Trittbrettfahrer seiner durchsetzungsschwachen, leicht ausnützbaren Belegschaft, sagte Paul. Und natürlich denkt ein solcher in erster Linie an Gewinnmaximierung, ans Haus, an den Garten daheim und an die SUVs, und nicht im Traum daran, effektive Schritte zur Verbesserung der misslichen Lage seiner Klienten zu unternehmen, geschweige denn zur Entlastung oder gar Ich-Stärkung seiner Angestellten beizutragen. Schön blöd wär er, auch noch Feind seines eigenen Geldbeutels zu sein.

DNS, hab ich gedacht, oh ja, man trifft einen Wildfremden und beginnt zu frieren. Der Mensch hat noch kein Wort gesagt und alles an einem ist angespannt. Er macht den Mund auf und alles in einem verhärtet sich noch mehr. Später meint man seine Schritte am Gang zu hören und verkrampft schon über der Tastatur. Und irgendwann reicht ein Läuten an der Tür, damit die Kälte kriecht. Eiskalt. Und bis in die Fingerspitzen, Zehenspitzen, blau.

Nicht, dass man bleiben müsste, dass es sonst daheim hieße, abgebrochen, hingeschmissen, wieder einmal. Nicht, dass das für manche etwas ganz Neues wäre, dieses (dein!) Wegrennen mitten in der Probezeit, dieses leidige Auf-und-davon immer, nach nur vierzehn Tagen, wie das Amen im Gebet. Oder dass die sich dann kräftig für einen genierten, vor dem Ausgehen lieber so lang hinterm Guckloch stehen blieben, eine Ewigkeit, bis die Nachbarin endlich in den Lift gestiegen und auch wirklich abgefahren ist, bis sich rein gar nichts mehr rührt, kein Mucks im Stiegenhaus, mit der Angst im Genick vor dem Tratsch, den vielen Fragen, was sich der oder die nebenan wohl denkt - die Tochter arbeitslos! - und was die Leute dazu sagen.

Aber letztendlich weiß man ja gar nicht, wen oder was so ein Mensch in seinem Gegenüber eigentlich sieht. Mit *wem* der eigentlich redet, falls er überhaupt noch mit einem redet und nicht schon längst aus der Haut gefahren ist. Und trotzdem, es wird auf einen hingehauen und eingedroschen so richtig, verbal, und man nimmt's persönlich. Jemand ist gereizt bis aufs Blut, wenn er dir begegnet, und du beziehst sein Schiefschaun auf dich. Aber der Mensch, der schlägt die Lade zu, und wendet sich dann ab.

Jemand klopfte mit der Schuhspitze zwei-, dreimal an die Tür. Pauls Ja, als ob er's gewohnt wäre, regelmäßig um die gleiche Uhrzeit (7.45) auf diese Weise geweckt zu werden.

Kein Aus-dem-Schließblech-Schnappen des Riegels, mehr schleifend das Geräusch, versehentlich, so als würde die Klinke mit dem Ellenbogen hinuntergedrückt. Wilma hielt drei Kaffeehäferl in den Händen, aua aua so heiß nehmt schnell, mit Milch und Zucker, so mögt ihr ihn beide, oder.

Sie habe meine Jacke im Vorraum hängen gesehen.

Thema *Grill*, sagte Paul in Wilmas Richtung zur Erklärung, und ihre Et-voilà-Handbewegung ließ erkennen, dass sie ihm bei der Erstellung des Hotel-Sanierungskonzeptes, das DNS mehr oder weniger im Vorbeigehen am Gang mit den Worten, Sie machen das schon, in Auftrag gegeben hatte, und das sich Paul anscheinend aus den Fingern hätte schnitzen sollen so ganz ohne Support in den letzten Tagen, während meiner Abwesenheit behilflich gewesen sein musste.

Ich mein, schau ihn dir an, den Grill, sagte Paul. Er ist das beste Beispiel, fremdbestimmt und aufgefressen. So ergeht es einem früher oder später, wenn man's nicht wagt, *halt, so nicht*, zu sagen, wenn man sich nicht mal bemüht, ein gesundes Selbstbewusstsein aufzubauen, ein echtes, wenn man sich nicht mal bemüht, echt und authentisch - einmal nur! - man selbst zu sein. Es gibt doch auch etwas dazwischen, eine Grauzone inmitten der Extreme wie sie von Grill und DNS verkörpert werden, eine Mitte zwischen Selbstverbrennung und purem Egoismus, diesem hemmungslosen Schalten und Walten auf Kosten anderer, sagte Paul, ein respektvolles Miteinanderumgehen und –arbeiten zum Beispiel, eines, das die Leute nicht zu Dingen abstempelt, aus ihnen Gegenstände macht, die man nach Belieben verstellen, rumschubsen kann, sagte Paul, ein Denken zwischen Schwarz und Weiß, eine gemäßigte, lebbare Haltung, stell ich mir vor. Wilma wärmte sich, etwas ungeduldig schon, die Finger an der Tasse.

Wenn er überlege, mit welchem Idealismus er ganz zu Beginn an seinen Job herangegangen sei, mit welcher Begeisterung er sich in die Projektarbeit hineingestürzt habe, in der

Annahme, der irrigen, er könnte mit seinem Tun tatsächlich irgendetwas zum Positiven verändern. Be-wirken! Und wie lang es im Grunde gebraucht habe, ihm diesen Irrtum vor Augen zu führen. All die Jahre hier im Betrieb, eine Ewigkeit, wenn man's genau nimmt, sagte Paul, ohne auch nur zu ahnen, wie tief mein Vorgesetzter in diverse Machenschaften, Freunderlwirtschaften aller Art verstrickt ist, und wie sehr der sich schön selbst, und streng nach dem Muster eine Hand wäscht die andere, mit jedem Tag tiefer noch da hineingeritten hat.

Aber welcher junge Uni-Absolvent wäre nicht geschmeichelt, wenn ihn der Chef persönlich nach seiner Meinung fragte, kurz vor zwanzig Uhr, wenn schon alle fort sind, Sie als Experte, was glauben Sie, wie könnten wir dem Klienten aus seiner Krise heraushelfen, und nicht nur das, sondern wenn er ihn auch noch ausdrücklich um seinen Rat bitten würde. Welcher frisch gefangene Uni-Absolvent wollte sich nicht höchst motiviert an jede (aber auch an absolut jede!) ihm aufgetragene Arbeit machen, und unverzüglich für den Kunden XY tätig werden, ohne den geringsten Verdacht damit beginnen, für dessen Hotelprojekt in der abgelegensten Pampa (mit angeschlossenem Restaurationsbetrieb, versteht sich) eine durchschnittliche Zimmerauslastung von mindestens 60 Prozent herzuleiten, was meinen Sie, könnten wir das vertreten vor dem Kreditgeber, und zur Abrundung des Ganzen auch noch einen fulminanten Cash-Flow hinterher zu kalkulieren.

Es ist dieses scheinbar enorme Maß an Wertschätzung und Vertrauen, das runter rinnt wie Öl, und das einen so dermaßen einlullt, dass man sich gar nicht mehr rührt plötzlich, sich gar nicht länger rühren mag, dass man lieber bewegungsunfähig ausharrt, sich ohne Widerstand gefangen nehmen lässt, liebend gerne einwickeln lässt, vom Brustbein bis zu den Knien.

Du meinst tatsächlich, da sagt einer, du bist wer, sagte Paul. Und du merkst, wie's sein kann, wenn da einer hinsieht, wenn möglicherweise einer auf dich sieht, auf deine Begabung, auf dein Talent, dich vielleicht sogar als Person wahrgenommen hat, und du ruderst und ruderst dafür, bis Mitternacht an manchen Tagen, brennend vor Begeisterung, bis dir der Schädel raucht, fast zerspringt vor dem Schlafengehen (Ausgehen, Fernsehen, Kino, aber woher denn, nach der Arbeit direkt ins Bett, das ist die Devise), bis alles dampft an dir, bis eine Zigarette nach der andern im Aschenbecher verglüht, so zwanzig bis dreißig können's gut sein in besonders stressigen Zeiten, man braucht ja was zum Anhalten bei so viel Druck, lauter kleine Haltspender sozusagen, bis also ein Haltspender nach dem anderen verglüht ist zwischen deinen Fingern, unbemerkt und viel zu rasch, die Zeit rast ja, heruntergebrannt ist, bei den Filterlosen muss man echt aufpassen, dass man sich nicht verbrennt, wenn man so konzentriert arbeitet, aber Hauptsache, da ist Halt, etwas, was dir Sicherheit vorgaukelt, der weiche Tabak, wie ein Freund, weißt du, schließlich ist man ganz allein, der Letzte um 23 Uhr im Büro, so lang bis auch der letzte Tschick abgebrannt ist, der Stummel erstickt ist, auch das Feuer in einem tot, ab einem gewissen Zeitpunkt, weil's keinen Sauerstoff mehr kriegt, dauernd ins Leere greift, ins Substanzlose, ab einem bestimmten Moment (und der kommt), wenn der Tropfen das Fass zum Überlaufen gebracht hat, weil's lediglich im Kreis geatmeten Stickstoff greift (all diese geheuchelten Ideen zur Rettung eines Unternehmens, all diese Präsentationen und Konzepte, DNS geht es um den eigenen Profit, und sonst um gar nichts, wer sollte schon ein Interesse daran haben, sich für jemanden wie den Grill seinen Kopf zu zerbrechen, aus Sicht der Geschäftsführung hieße das nichts Anderes, als Wiederbelebungsversuche an einer Leiche vorzunehmen, wo denkst du hin, kommt ja nicht in Frage, und wenn da noch so viele Arbeitsplätze, noch so viel Herzblut dran hängt), die Energie, das Feuer in dir stirbt, weißt du, wenn du nur noch heiße Luft greifst, ohnehin ist's dann schon fünf vor zwölf und du stehst knapp vor dem Burn-out, wenn du auf solche Luftblasen, blubblubblubb, auf solche Expertenluftblasen nach DNS-Art, im Innersten kettenförmig verstrickt, verwurschtelt irgendwie, zurückgreifen musst.

Wilma, die mit mir auf dem Sofa saß, sah mich unverwandt an, Pauls Zwischenruf, aber ich war doch noch gar nicht fertig, ignorierend. Dich stresst der Job auch total hier, gell. Versteh mich nicht falsch, aber ich glaub, diese Art von Tätigkeit ist so überhaupt nicht deins, viel zu trocken für jemanden wie dich, nichts als Zahlen, Fakten, nüchterne Sachlichkeit, das ist nicht deine Welt. Ein Sag-doch-auch-was-Blick zu Paul. Das Betriebsklima hier und der ständige Termindruck, das ist vielleicht sogar die Ursache dafür, dass du dich nicht wohl fühlst. Sie wiegte den Kopf, ja gut, und dass du vielleicht sogar diesmal wirklich krank geworden bist.

Muriel sei angeblich sofort klar gewesen, dass ich total aufs falsche Pferd gesetzt hätte mit dieser Firma. Man bräuchte mich bloß anzusehen, und wüsste sofort Bescheid. Schon beim ersten Mal, als wir uns zu viert trafen, weißt du noch. Und Muriel sei auch diejenige gewesen, die als erste von ihnen dreien auf die Idee mit der Filmakademie gekommen sei, und darauf, dass eine Ausbildung dieser Art doch gut zu mir passen würde. Etwas Kreatives auf jeden Fall, ein Studium, in dem du dich wiederfindest, sagte Wilma, eines, in dem du aufgehst, was man zum jetzigen Zeitpunkt wohl eher nicht behaupten kann, wenn man dich so ansieht, dein Gesicht, das du machst, wenn du hier im Büro bist.

Nichts als Unglück, das darin geschrieben stünde.

Sie stand auf und ging zu Paul, der ihr einen Packen Unterlagen aus der Schublade reichte. Wir haben für dich recherchiert, ein bisschen im Internet gegogelt, die Institute abgeklappert, das Kommentierte Vorlesungsverzeichnis besorgt, du weißt schon, was man eben so braucht, sagte sie ein wenig verlegen. Wir haben uns gedacht, einer muss dir ja die Augen öffnen, wenn du schon nicht selbst auf dich schaust, so überhaupt nicht in dich hineinhorchen willst. Die Aufnahmeprüfung an der Filmakademie findet zwar erst wieder nächstes Jahr im September statt, aber du könntest ja parallel dazu schon im kommenden Sommersemester Theater- Film-, und Medienwissenschaft inskribieren, dann hättest du sogar ein Sicherheitsnetz gespannt, falls es wider Erwarten mit der Prüfung nichts werden sollte, die nehmen ja leider nicht sehr viele Studenten, was meinst du…

Kinderaugenleuchten, Wilmas Backen brannten.

Im Grunde braucht man gar nicht viel zu sagen, denn die Frage nach der Finanzierung eines Studiums hängt ja ständig offen im Raum. Diese leidige Frage nach der Finanzierung der eigenen Existenz, nach dem Lebensunterhalt, den ununterbrochen weiterlaufenden fixen Kosten. Miete, Strom, Gas, wie soll ich das bloß bezahlen ohne feste Anstellung, wie stellt ihr euch das vor. Im Grunde genügt's vollkommen, ein paar Mal kurz Daumen und Zeigefinger aneinander zu reiben, ein paarmal kurz noch – money money -, um es auf den Punkt zu bringen ohne viel Trara, den Kern der Sache zu erfassen.

Abgesehen davon, dass es für Fälle wie den meinen durchaus eine Reihe von Stipendienmöglichkeiten gäbe, wir müssten uns diesbezüglich nur noch genauer erkundigen, sei er, Paul, ja auch noch da. Weißt du, wir könnten ein Team sein, sagte er, und zögerlich noch, wenn du magst. Wilma neben mir fing an, das Kaffeehäferl in ihren Händen zu drehen, äußerst konzentriert auf den letzten Rest darin zu starren. So als ob's uns gar nicht gäbe, fing sie an, Milchflankerln oder Zuckerkörner darin zu suchen, was weiß ich, um dann recht demonstrativ zum Trinken anzusetzen, so betont, als ob der Becher tatsächlich voll wär, zwei- oder dreimal hintereinander, ihr Mundauf und Riesengroße-Schlucke-Nehmen, mit fast vollständig verschwundener Nase, mach auf, lass ein, als wollt sie so was damit sagen, mit ihrem erneuten zum Lackerl-Trinken-Ansetzen, mit ihrem Ins-Kaffeehäferl-Hineinlachen, insgeheim, ich weiß nicht, so ein Glucksen im Becher, das ich gehört habe, zeitgleich mit Pauls Stimme im Raum, er wolle mich gern unterstützen auf meinem Weg, und dann Wilmas Glucksen, In-den-Becher-Hineinglucksen, das ich gehört habe, das ich ganz genau und zeitgleich mit dem Wort *Unterstützung* gehört habe, unfassbar, -fasslich zur gleichen Zeit, sodass man gar nicht mehr weiß, ob das Gesagte auch ernst gemeint ist, ich's kaum glauben konnte, bis Wilma aus dem Becher auftauchte, endlich, rief, endlich ist's heraußen, Paul, eine schwere Geburt, wirklich, dass du das noch herausbringst irgendwann, gerufen hat, nein, fast geschrieen.

Aber um das Thema abzuschließen, weil wir ihn ja vorher unterbrochen hatten, in welche Position muss sich ein Mann eigentlich hinaufgearbeitet haben, damit er mit sich zufrieden sein darf, sagte Paul, ein Haus bauen, einen Baum pflanzen und einen Sohn zeugen, ist es das, worum es geht, was, wenn einer keine Lust dazu hat, an der Spitze eines Großkonzerns zu stehen und zu schalten und zu walten, die Fäden zu ziehen, was, wenn einem eine winzigkleine Wohnung genügt. Wann darf einer also guten Gewissens damit beginnen, sich selbst die Aufmerksamkeit und das Interesse zu schenken, um sich seinen persönlichen Traum vom Leben zu erfüllen, jeder hat nur eins nicht wahr, ohne dass ihm grenzenloser Egoismus, du denkst ja eh nur an dich, die anderen sind dir scheißegal, oder Ambitionslosigkeit, Trägheit vorgeworfen wird. Wann, fragte Paul, how many roads, Wilmas Summen sehr dezent.

Und wenn wir grad dabei sind, wie viele Kinder muss eine Frau eigentlich hierzulande bekommen, wie hoch muss ihr Reproduktionsbeitrag sein, ein artgerechter versteht sich, 1,4 Kinder im Durchschnitt pro Paar oder 1,7 oder wie war das doch gleich, damit sie als Frau respektiert wird, ja, ihr beide seid angesprochen, sagte Paul, das betrifft euch doch auch, muss euch doch auch irgendwie betroffen machen.

Mehr als du denkst. Es war mehr so dahingesagt, am ehesten noch laut gedacht. Und trotzdem, eine derartige Stille hatte ich nicht erwartet. Einige Kollegen draußen fuhren ihre Standgeräte hoch, diese Angehaltenheit mitten in der Bewegung. Schluck-Sprechbewegung. Sowohl bei Wilma wie auch bei Paul, ein derartiges Absacken der Kinnladen, dass es wirklich kein Wunder ist, wenn man sich am eigenen Speichel verkutzt. Und ja, mein Ja-Nicken, auf deren Starren hin, elend, die Schuld, wie sie in einem hoch kriecht in so einem Moment, während des Kaffeebechereinsammelns, ich hol uns frischen, die Scham, wie sie elend, bitte, jetzt schaut nicht so auf meinen Bauch, ja ich bin schwanger, in mir hoch gekrochen ist.

Freitag, 21. Oktober (abends)

Mit der Kraft der Mandel

Balmandol, Haut- und Badeöl, Mandelölsalbe. *Excipial Protect*, Handschuh-Effekt ohne Handschuh-Gefühl. *Exo Pic*, hochwirksamer Schutz vor Zecken und Bremsen...

Hereinspaziert, die Klapptüren schwingen viel zu früh auf. Das Geknarre beginnt schon, wenn man noch ziemlich weit weg ist vom Eingang des Gemeindespitals, bereits fünf, sechs Schritte nach dem Blumenbeet, in dessen Mitte ein riesiger Buchsbaum thront, und es kommt einem vor, als machte der Hausherr im Hintergrund (wie stets um jede Wählerstimme kämpfend) vor den Eintretenden gerade einen Diener.

Es war Pauls Vorschlag, gar nicht erst langwierig im Internet herum zu surfen, wer weiß, vielleicht sind die Angaben auf der einen oder anderen Homepage gar nicht aktualisiert, sondern sich am besten gleich vor Ort möglichst umfassend zu informieren. Wir hatten vor, nicht nur private Kliniken, sondern auch öffentliche Krankenhäuser zu besuchen: ausschlaggebend ist, dass du dich dort willkommen fühlst.

Er hatte mir gestern sofort für die nächsten Tage frei gegeben, in dieser Verfassung kannst du doch nicht arbeiten, und war, nachdem er sich einigermaßen gefangen, den ersten Schock verdaut hatte, er müsse erst mal in Ruhe über die neue Situation nachdenken, hier im Büro können wir das nicht besprechen, gestern Abend noch bei mir zu Haus vorbei gekommen,

Bier, möchtest du, oder ich hab auch Wein da. Seine Reaktion dann wie eine Befreiung, kaum, dass er auf dem Sofa saß. Was gäb's da lang zu überlegen, er würde natürlich voll und ganz hinter mir und meiner Entscheidung stehen, sie jedenfalls mittragen. Ganz egal, wozu auch immer du dich entschlossen hast, ich glaub, du bist dir eh schon ziemlich sicher, was du tun wirst. Und er würde sich bestimmt nicht anmaßen, mir diesbezüglich irgendwelche Vorschriften zu machen, geschweige denn versuchen wollen, mich umzustimmen. Obwohl er sich's eigentlich sehr gut vorstellen könnte, wir beide zu dritt… Aber dich um jeden Preis dazu zu bringen, gegen deinen ausdrücklichen Willen das Kind auszutragen, das würde ich niemals versuchen, weder dir noch dem Kind antun. Überleg doch mal, was das heißt, doch nur, eine Frau zur Gebärmaschine zu degradieren, sie als lebenden Brutkasten zu verwenden, ja zu missbrauchen, na so weit kommt's noch….

Selbst vom innerlichen Strahlen tun einem manchmal die Wangenmuskeln weh.

Dieses Recht habe er nicht. Das Recht, einen anderen ausschließlich als Mittel zum Zweck zu benutzen hat niemand, hörst du, und lass dir ja nichts einreden. Man kann nicht alles, was einen Menschen ausmacht, sein ganzes Wollen Denken Fühlen einfach ausblenden, und so tun, als ob's ihn gar nicht gäbe. Ich kann nicht so tun, als ob's *dich* gar nicht gäbe, als ob dein Unglück, deine Verzweiflung völlig unerheblich wäre. Als ob die Frau – lediglich das Stück aus der Rippe des Mannes oder wie – ab dem Moment der Befruchtung plötzlich nichts mehr zählte, sie ausschließlich aus ihrem Leib bestünde, eh nur neun Monate Schwangerschaft, wenn's weiter nichts ist. Weißt du, in deiner Haut möchte ich nicht stecken, und ich glaube, kein Mann möchte gern in so einem Moment mit einer Frau tauschen. In deiner Lage die richtige Entscheidung zu treffen, eine, die du nämlich vor dir selbst vertreten kannst, mit der du leben kannst, das ist wirklich hart...

Ein rotes Blatt Papier unter meinem Schuh, ein Kursus. *Wie stehe ich zu meinem Körper? Wie stehe ich im Leben?*, Wahrnehmungsübungen, Termine nach Vereinbarung. Beinah wär ich draufgestiegen.

Ich stehe gleich beim Eingang. Hinter mir das vollautomatische Auf-auf-Zuhu der Klapptüren, Jalousienruntersausen, das Zippen eincr Handtasche, wie spät haben wir's, 10 nach, unter der Anmeldungsablage das Schild, ab 15 Uhr Information beim Portier.

Ich stehe da, wo auch das Regal mit all den Flyern und Broschüren steht. Weil ich nicht sitzen will, weil ich nicht sitzen kann in diesem mittlerweile gut gefüllten Warteraum der sogenannten *Familienplanungsstelle*, wohin mich die freundliche Dame vom Frauengesundheitszentrum heute Vormittag unverzüglich verwiesen hatte (*Familienplanungsstelle?* Aber ich will doch gar nicht!), und von der ich, sobald ihr klar gewesen ist, dass ich zu den Festentschlossenen gehöre, in weiterer Folge ziemlich rasch mit dem Nachsatz, bei der Familienplanungsstelle gibt's dann auch eine psychologische Beratung, gell, die ist verpflichtend vor jedem Schwangerschaftsabbruch, aus der Leitung hinaus komplimentiert worden war.

Und vielleicht stehe ich auch hier, weil ich nach etwas Beruhigendem suche, ich weiß nicht wonach genau, aber nach irgendeinem hilfreichen Material, nach Kontaktadressen vielleicht, Informationen, verständnisvollen Ansprechpartnern, weil ich mir einen Hinweis erhoffe, erhofft habe, einen einzigen Flyer wenigstens, auf dem ohne Umschweife geschrieben steht, wohin sich eine Frau in meiner Situation sonst noch wenden kann, wenden könnte, wenn sie ihre Schwangerschaft unterbrechen lassen will, und welche Möglichkeiten es da gibt. Und ich stelle mir vor, wie es wäre, wenn ich vollkommen auf mich gestellt wäre, total jung, erst siebzehn oder achtzehn vielleicht, und ohne einen wirklich guten Freund wie Paul an meiner Seite, wenn ich von der Nachricht, schwanger zu sein, vollkommen überrascht wäre, richtig geschockt, und wenn ich – angewiesen auf die kostengünstigste aller Möglichkeiten - ganz kopflos in der Gegend herumtelefoniert hätte und dann durch irgendeinen Zufall oder Hinweis hier, in diesem Krankenhaus gelandet wäre, wie's mir dann wohl ginge.

Daylong, liposomaler Sonnenschutz für höchste Ansprüche. *Selbst ist die Frau*, Wegweiser zum gesunden Frauenherzen. *Kess*, Information, Beratung und Therapie bei allen Fragen rund um Essstörungen. Diverse Kursangebote, Seminare. *Yoga*, Frauenkörper – Frauenseele. Beratung für Frauen in der Lebensmitte. *Nordic Walking*, die Ausdauersportart im Freien. Magistratsabteilung Elf, Amt für Jugend und Familie, *Eltern Kind Zentren*, *Wäschepaketanmeldung*, Montag und Dienstag, 11 – 13 Uhr.

Endlich hier ein Hoffnungsschimmer für einen kurzen Moment, *Sag nicht ja, wenn du nein sagen willst*, Selbstvertrauen kann *frau* lernen. Dann doch wieder die Enttäuschung: *Nein – eine liebevolle Antwort*, damit Sie sich trauen, das zu tun, was Ihnen gut tut und was Sie wirklich wollen, wenn Ihre Kinder nach Grenzen suchen.

Anmeldung geschlossen. Die Bedienstete im gelben Pullover sperrt die Logentür zu, wischt zuvor noch mit dem angefeuchteten Finger einen Fleck von der Plakette, *Wir sind jederzeit für Sie da*. Ihr Kinn ruckt in Richtung Wartezimmer, wenn Sie da hinein wollen, müssen Sie zuerst ein Formular ausfüllen.

Routiniert, bewundernswert unaufgeregt das mehr Seitwärts-als-vorwärts-aus-dem-Zimmer-Wackeln einer stattlichen Korpulenten mit olivfarbenem Teint in dunkelblauen, ausgetragenen Sandalen mit hohem Absatz. Solchen, die einen an Hausschuhe erinnern, und deren unverhältnismäßig schmales Fußbett die darüber hängenden Fersen – ganz gleich welcher Dimension – stets wuchtig wie Felsen, die Unterschenkel gleichermaßen überdimensional erscheinen lässt. Eine kleidähnliche Strickjacke reicht ihr bis zu den Knien.

Paul, dem die Luft im Wartezimmer jetzt zu stickig geworden ist, legt mir den Arm um die Schulter. Er habe gerade das Gespräch zweier Patientinnen mit angehört, nein, mit anhören müssen. In den Gemeindespitälern werden nur chirurgische Schwangerschaftsabbrüche vorgenommen, hast du das gewusst, keine medikamentösen. *Saugcurettagen*, er drückte mich fest, mit Narkose zwar, aber da kriegt man ja trotzdem schon Angst, wenn man das Wort ausspricht. Brutal. Muss denn das sein, wenn's doch auch andere Möglichkeiten gibt. Allzu leicht wirst du's hier wohl nicht haben. Er sah mich an. Haben dürfen.

Rundgang im Erdgeschoß. Pflegemamas und Pflegepapas gesucht. Mietwohnung, 820,- Euro Inklusivmiete, ca. 78 m2, plus Kellerabteil. Die Pinnwand ist übervoll. *Body-Work für Mütter*, in Begleitung ihrer Babys und Kinder. Die Farbe des Flyers hebt sich kaum von Pauls Fingern ab. Eltern werden – Eltern sein. Geburtsvorbereitungsraum. Eingerahmt die Auszeichnung der WHO als *stillfreundliches Krankenhaus*. U1, U2, Ultraschall. Gesundheitspreis der Stadt, zweiter Platz. Psychosomatik Ambulanz. Kein Eintritt. Kassa. Finanz. Pflegegebührenstelle. Frauenkörper - Frauenseele, der Flyer giftgrün. *So schnell kränkt mich keiner mehr*, Workshop zum konstruktiven Umgang mit Kränkungen. Frauenkörper – Frauenseele. *Wohin mit meiner Wut?*, Seminar unter therapeutischer Anleitung, Anmeldung unter.

Wir pendeln den Gang entlang. Ich weiß nicht mehr, worauf wir warten. Hin und zurück, hin und zurück, von einem Ende des Ganges zum anderen, pendeln wir, von einer Duftwolke zur nächsten. Auf dem Hinweg das penetrante Beißen klinischer Reinheit in meiner Nase, Desinfektionsmittel, zum Erbrechen der Schwall, dann wieder, sobald man an den Ultraschallräumen vorbei ist, jene undefinierbare dumpfe Mischung von ungelüfteter Kleidung und Atemluft, die überall dort zu riechen ist, wo's eben menschelt, sich viele zu einem bunten Haufen zusammendrängen.

Ich, mit über der Brust verschränkten Armen, Paul, die Frau neben sich stützend und beschützend zugleich. Unser Am-Gang-entlang-Wandeln schon ein bisschen so, als würden wir auf eine Entbindung warten, und zwei oder drei der jüngeren Patientinnen verdrehen und verrenken sich auch die Hälse beim Um-die-Ecke-Schauen, als wollten sie sagen, macht uns bloß nichts vor, wir haben euch längst durchschaut.

Gesundheitsschuhschmatzen auf dem gesprenkelten Steinboden. Umkleidekabinen, fünf. Wie Zellen nebeneinander. Frau Kovac, Kabine drei. Wir beobachten das Rein und Raus der Frauen. Wir alle. Aus Mangel an Zeitschriften, und weil man ja hier auch nicht viel mehr tun kann, als die Staturen der Ein- und Ausgängerinnen zu betrachten. Nicht allzu kritisch natürlich, mehr nur so. Vor allem deren Gesichtsausdruck. Weil wir doch wissen wollen, wie es war, uns diese Frage doch schon brennend auf der Zunge liegt. Besonders glücklich sehen die aber nicht aus, wenn sie aus den Zellen herauskommen. Wie auch, nachdem sie mit entblößtem Unterkörper auf einem Gynäkologenstuhl gesessen sind, und die eine oder andere Patientin vielleicht sogar aus Zeitmangel, man weiß ja nicht, es warten hier so viele, auch gleich in dieser Liegesitzposition psychologisch beraten worden ist. Bleiben wir gleich hier, wenn's Ihnen nichts ausmacht.

Ich stelle mir vor, wie das Gesicht des Facharztes, der Fachärztin hin und wieder aus der Tiefe auftaucht. Aha, und warum wollen'S abtreiben. Dermaßen plump dieser Satz, vor dem sich wahrscheinlich alle Betroffenen fürchten. Davor, dass man ihnen mit dieser Frage kommt, obwohl man's gar nicht dürfte, mit diesem WARUM kommen könnte, unverhofft, und sie dann ihre persönlichen Gründe auszubreiten hätten, vor einem wildfremden Menschen alles erklären müssten, sich womöglich rechtfertigen müssten. Natürlich nur, damit man sich seitens der Spitalsleitung ganz sicher sein kann, dass sich die Patientin ihre Entscheidung auch wirklich gut überlegt hat, wie immer unter Berufung auf die Vorschrift, diese ungeheure Menge an Paragraphen, diesen endlos langen Katalog.

Die Qualitätsgrundsätze des Hauses hinter Glas. Jede der Patientinnen sei eine Frau, und keine Diagnose oder Nummer. *Auch wenn wir intern über Sie sprechen, benutzen wir ausnahmslos Ihren Namen.*

Ich friere. Die Aura hier. Ein Teppichläufer in der Mitte des Ganges zur Linderung. Formule 1, flüstere ich, du kennst doch diese französische Automatenhotelkette, die mit den selbstreinigenden Nasszellen, hast du schon mal in so einem Motel geschlafen? Dort gibt es keine Rezeptionisten, soviel ich weiß, alles ist vollautomatisch. Der Gast bucht sich sogar selbst per Kreditkarte ein und erhält dann ein Passwort, mit dem er sein Zimmer betreten kann...

Krankenschwesternrekruting Abu Dhabi, Vereinigte Arabische Emirate.

Paul fährt mir durchs Haar. Nein, der Preis, den man leider oft fürs Kostengünstigere zu zahlen habe, der sei ihm einfach zu hoch.

Außerdem bekommt man hier den Eindruck, als ob es ausschließlich Frauen mit Kinderwunsch gäbe, als ob anders Denkende, anders Fühlende, Frauen wie du zum Beispiel gar nicht existierten. Das Wort *Schwangerschaftsabbruch* traut man sich ja nicht mal in den Mund zu nehmen. Die andere, vermeintlich kinder- und lebensfeindliche Seite der Medaille wird einfach ausgeblendet. Nirgendwo ein Hinweis außerhalb dieser *Familienplanungsstelle*. Oder würdest du gern eine Schwester einfach so im Vorbeigehen darauf ansprechen, entschuldigen Sie bitte, können Sie mir sagen, wo ich hier Informationsmaterial in Bezug auf Schwangerschaftsabbrüche bekomme, oder noch besser, nach 15 Uhr den Portier?

Es wird einem subtil suggeriert, dass man nicht ganz zurechnungsfähig ist, wenn man kein Kind bekommen will, oder krank. Dass *frau* aller Wahrscheinlichkeit nach – was sonst? – mitten in einer schweren Lebenskrise steckt, stecken muss. Hier, diesen kleinen Hinweis hab ich in dem Folder gefunden, sagt Paul, *Begleitung in Krisen und besonderen Umständen*. Ja, dort könnten wir uns hinwenden, wenn wir wollten. Du, ich weiß nicht, wie's dir geht, aber ich fühl mich eigentlich ganz normal.

Man unterstütze die Patientinnen darin, heißt es weiter hinter Glas, das eigene Potenzial zur Selbstverwirklichung sowie zur Bewältigung ihrer Umwelt aktiv zu entfalten.

Ein Bärtiger im gelbschwarzen Trikot, offensichtlich ein Bekannter des diensthabenden Beamten, lehnt herzhaft lachend am Türstock der Portierloge, mit dem Handy am Ohr. Ob sie etwa alle bei der gestrigen Feier so viel gefressen hätten, dass sie sich heut Früh nicht mehr rühren konnten.

Hinaus...

36,- Euro sind dir WURST?

Neubau Eigentum am Straßeneck. Gutbürgerliche Gepflegtheit auf dem Weg zum Parkplatz. Widerrechtlich abgestellte Fahrzeuge werden kostenpflichtig entfernt.

Guerilla Guardening vor den Fenstern eines Altbaus. Vergilbte Tomatenstauden in orangefarbenen Plastiksäcken. Die Zweige ranken hinauf bis zu den Fenstergittern. Manche Früchte in einer seltsamen Starre, unreif, im Ansatz stecken geblieben. Obwohl's eigentlich höchste Zeit wäre, Ende Oktober schon fast zu spät zum Ernten ist. Aber man soll ja die

Hoffnung auf ein paar warme Sonnentage nicht voreilig aufgeben. Ich weiß, wo wir jetzt hinfahren, Paul, wo steht unser Wagen?